La Estrella y el Demonio Azul

Titulo: La Estrella y el Demonio Azul.
Autor: © Hector Balderas Iglesias.
ISBN: 978-607-29-0383-8.
INDAUTOR 03-2017-021710104600-01
Primera Edición: Marzo 2017.
Segunda Edición: Abril 2017

Se terminó de imprimir en los talleres de Groppe Libros. Calle Hospital 2295 A, col. Ladrón de Guevara, Guadalajara Jalisco México 44650.

Para
V.B.I.
E.G.R.
A.P.A.V.

En memoria de
H.B.B.
B.R.I.B.

Gracias a Estrella la Bella por la inspiración.
Gracias al Demonio Azul por su imaginación.
Agradecimiento Especial a: A.S.A.G. y D.B.H.V.
Y a todas las personas que sin su apoyo esto no seria posible

Índice.

Introducción.	**7**
Capítulo 1	**11**
Capítulo 2	**19**
Capítulo 3	**27**
Capítulo 4	**39**
Capitulo 5	**47**
Capitulo 6	**63**
Capitulo 7	**73**
Capitulo 8	**83**
Capitulo 9	**93**
Capitulo 10	**107**
Capitulo 11	**121**
Glosario	**137**

Introducción.

Cuando era niño siempre pensé que existía un mundo lleno de criaturas fantásticas, en él vivían duendes, caballos voladores, guerreros y monstruos, todos mis juguetes ayudaban a que la imaginación volara, las aventuras en mi mente no tenían fin, confieso que incluso hasta los juguetes de mi hermana participaban en las tertulias, por supuesto, yo suponía que ella no sabía que los tomaba sin su consentimiento, aunque creo que quizá se hacía de la vista gorda, y sólo se enojaba conmigo cuando tenía ganas de molestarme, "cosas de hermanos".

Mi padre siempre llevaba un libro a su lado, no importaba a donde viajáramos, incluso hasta en la playa más hermosa, ¡él se dedicaba a leer!, mi Madre sin embargo, le encantaba disfrutar de los espacios abiertos, amaba la naturaleza, y si por algún motivo la música se cruzaba por su camino, no podía evitar bailar, mi hermana y yo salíamos corriendo, no queríamos pasar la "pena", de que nos vieran moviendo el cuerpo al ritmo de un Huapango Veracruzano, cosa que terminábamos haciendo pero con cara de pocos amigos.

Conforme fuimos creciendo, la vida nos separó, sin embargo, ese lazo que logramos durante nuestra infancia siempre permaneció, y creo que de algún modo la enorme distancia que hubo entre nosotros, al final nos unió.

La vida de adulto nunca es fácil, las múltiples tareas y obligaciones, nos impiden visualizar tantas cosas que se cruzan en nuestro camino, a veces las tenemos enfrente, pero simplemente no las vemos, creo que la inocencia de nuestra niñez es lo que más extraño, esos momentos en los que confiaba plenamente, cuando mi hermana me decía que la palabra "lápiz" en inglés, se decía "leipiz", en lugar de "pencil", o en los que imaginaba que mi perro podía comunicarse conmigo, y hablábamos horas enteras, ¡bendita inocencia!.

Todos esos hermosos recuerdos de mi niñez, se mezclaron junto con las sabias palabras de mi padre, la alegría e interminable energía de mi madre, y la fuerza de espíritu de mi hermana, para enseñarme que en la vida no hay situaciones imposibles de superar, la fe que uno tenga en sí mismo, te sacará a flote de cualquier apuro, y aunque a veces uno esté deprimido, el pensamiento positivo deberá prevalecer, con la seguridad, de que aun cuando la vida misma nos pone pruebas, estas también incluyen amistades y aprendizaje, cada uno de nosotros somos parte de una máquina enorme y cumplimos una función especifica, en ocasiones nos aparecemos en la vida de alguien, solo para ayudarle en alguna situación, y después no los vemos más, y es por eso mismo que muchas veces, personas que intervinieron en nuestra vida, siguieron su camino y están en otro lugar.

Debemos aprender a ayudar y a confiar en el prójimo, con la inteligencia del adulto, pero sin perder la inocencia de nuestra niñez, y saber que los sueños e ilusiones que tuvimos en algún momento de nuestras vidas, aún siguen ahí, jugando con nuestro niño interno y esperando a que en algún momento los dejemos salir, y nos ayuden a ser unos verdaderos seres humanos.

Capítulo 1

El Demonio Azul.

El miedo es quién nos impide enfrentar,
a los demonios que llevamos dentro.
Para vencerlos simplemente,
debemos entenderlos.

Cuenta la leyenda que había una niña Estrella que brillaba en el firmamento, un día decidió bajar a la tierra, no se sabe a ciencia cierta por qué lo hizo, se dice que ella miraba a las criaturas que habitaban bajo su luz y le daba curiosidad a qué se dedicaban, pero en realidad los libros no explican el por qué de su visita, (cuando yo era niño, solía mirar a las estrellas recostado sobre el pasto y puedo asegurar que en ese entonces, era capaz de escuchar las pláticas que sostenían entre ellas, imaginando que podían mirarnos y también escucharnos.), al llegar a la tierra la Estrella se percató que las criaturas que vivían de día eran muy diferentes a las de la noche, la niña nunca había notado esto, ya que durante el día dormía, pero por las noches despertaba para ayudar a la Luna a iluminar la tierra. La Estrella pudo observar a los seres vivos de sangre fría y notó cosas muy peculiares, estos se ponían al sol para calentar sus cuerpos, también las criaturas del mar estaban más activas, los delfines brincaban llenos de alegría, y las ballenas recorrían grandes distancias para alimentarse con el plancton, <una mancha voraz y gigante en el océano es como se ve>, pensaba la niña, había demasiadas cosas nuevas, y todas la dejaban muy sorprendida, parecía que todas las criaturas que ella miraba por las noches, habían desaparecido, así que pensó, ¿por qué será tan diferente?.

El atardecer llegó y con él las criaturas diurnas comenzaron a regresar a sus hogares y refugios , la Estrella muy curiosa decidió esconder su luminosidad con una capa para que no la reconocieran, ya que las criaturas nocturnas comenzaron a salir de sus madrigueras, y si éstas se daban cuenta de quién era, seguramente le reclamarían por no estar ayudando a la Luna, ya que las labores nocturnas eran de suma importancia para todos. La noche dejó caer su velo sobre la faz de la tierra, una luna menguante brillaba en el firmamento, la niña decidió recorrer los caminos, pasando desapercibida para las criaturas, ahí estaba el lobo, saludando a la Luna con su aullido característico, la lechuza miraba fijamente una pequeña madriguera, con toda paciencia esperaba que un diminuto ratón saliera de ella, el escorpión brillaba con su luz de neón, parecía como si un foco recorriera los troncos de los árboles, Estrella se percató que había un pequeño árbol con frutos, por lo que decidió acercarse más para ver qué eran, "¡son uvas!", exclamó con emoción la niña, mientras comía todas las que podía, una vez saciado su antojo, tomó asiento en un viejo tronco y contempló aquel maravilloso lugar, todo era paz y tranquilidad, pero de pronto, la Estrella miró a una criatura por demás peculiar, simplemente era diferente, la niña recordó los cuentos para dormir, en donde la Luna le hablaba sobre un ser despiadado y sin corazón que vagaba por la tierra, "¿será que este ser exista?", pensó Estrella, esta era la oportunidad perfecta para averiguarlo, quizá no habría otra, por lo tanto se acercó y le preguntó, "hola, te he estado observando, ¿tú quién eres y por qué estás en las sombras?", la criatura volteó y la miró fijamente sin decir palabra alguna.

La Estrella al ver que no había respuesta preguntó nuevamente, "¿cuál es tu nombre?, ¿qué eres?", la criatura quedó extrañada, al ver que no le causaba ningún temor a ese ser que lo interrogaba, y respondió, "yo soy un Demonio Azul y no tengo nombre, ¿a que has venido?, y ¿por qué estás aquí?", "estoy únicamente de paso, y veo que todas las demás criaturas siguen su vida de manera normal, sin embargo tú no, esto me dio curiosidad, ¿qué es un Demonio Azul?, ¿por qué no tienes nombre?", preguntó la Estrella, "los Demonios Azules habitamos en las sombras, en ocasiones utilizamos la energía de algunos seres para transmutarla y ayudar a otros, sin embargo somos invisibles para la mayoría de los que habitan esta tierra, por lo que el hecho de que tú me puedas ver, demuestra que no eres de este lugar, ¿y tu quién eres?", contestó el Demonio, "efectivamente vengo de un lugar alejado, sin embargo, desde mi hogar puedo ver el suelo en el que habitas, y decidí venir a conocerlo", comentó Estrella, "no contestaste mi pregunta", afirmó el Demonio, "tienes razón, sin embargo tú tampoco respondiste la mía, ¿por qué no tienes nombre?, así que estamos iguales", respondió Estrella. El Demonio quedó sin palabras, no sólo no era temido sino que también estaba siendo cuestionado, por alguien totalmente desconocido, esto molestó al Demonio que se dio la vuelta y comenzó a alejarse, la Estrella quedó desconcertada y exclamó, "¡espera!, ¿por qué te marchas?, aún no hemos terminado", el Demonio paró la marcha y sin voltear dijo, "Estrella, tu no perteneces a este lugar, regresa por donde has venido, la Luna necesita tu ayuda", Estrella quedó anonadada, ¿cómo era posible que el Demonio supiera quién era?, su disfraz había logrado engañar a todas las criaturas, ¿acaso el Demonio la había descubierto?, infinidad de preguntas ahora yacían en su mente, y justo antes de que la niña realizara una última pregunta, el Demonio Azul exclamó, "¡la respuesta a tu pregunta es, por la misma razón que tú puedes verme!".

¿Qué?, ¿cómo?, ¡espera!, la Estrella corrió para alcanzar al Demonio, pero en un abrir y cerrar de ojos este había desaparecido, sólo quedaba una sombra, la Niña utilizó algo de su poder para iluminar el lugar, sin embargo no pudo localizar al Demonio Azul, ahí se encontraba la Estrella muy desconcertada, y para su infortunio la poca luz que emanó, llamó la atención de un viejo Roble que se encontraba muy cerca, este tocó a la Estrella con una de sus ramas y le dijo, "¿qué hace una viajera del tiempo en este lugar de sombras?, ¿buscas algo que se te perdió?, quizá yo pueda ayudarte, soy viejo pero aún tengo buena memoria", la Estrella se acercó al Roble y le dijo, "mi señor, corrí hasta aquí siguiendo a un Demonio", "¿a un Demonio?" preguntó Roble, "¿por qué alguien como tú busca a un Demonio?", no te habrás encontrado con el Demonio Azul que habita en las sombras de estos lares, ¿o si?, “si, precisamente venía yo siguiéndole el paso, pero desapareció y necesito que me responda algo", comentó Estrella, "niña, niña, ¡niña!, ¿qué tanto sabes tú de Demonios?" preguntó Roble, "en realidad nada, porqué ni siquiera contestó a mi pregunta, sólo desapareció, respondió Estrella", “ok, veamos como puedo ayudarte, porqué me doy cuenta que no tienes ni idea de qué es aquello que buscas. Me presento, yo soy Roble, y a partir de ahora puedes considerarme tu amigo incondicional, trataré de ayudarte en lo que pueda y siempre podrás confiar en mi, no por nada tengo muchos años aquí, he visto pasar infinidad de cosas, y gracias a mi buena memoria todos pueden confiarme sus penas o sus secretos, sabiendo lo buen amigo que soy”, aseguró Roble, “muchas gracias señor Roble, por lo menos encontré a alguien que no es grosero, al contrario, usted es muy amigable”, exclamó Estrella, “ahora mi niña, siéntate en una de mis raíces y cuéntame ¿qué es lo que te ha sucedido? ”.

Capítulo 2

La Historia de Roble.

Las raíces fuertes siempre mantendrán
el árbol erguido, a pesar de la tempestad.

La Estrella molesta le dijo a Roble, "ese Demonio es malo y egoísta, además es grosero y repugnante, vive en las sombras y ya no quiero saber nada de él", "jo, jo, jo, ja, ja, ja", rió Roble, "pequeña niña, la ignorancia no nos da derecho a juzgar, pareces alguien de noble corazón, pero tu molestia no tiene razón de ser, tampoco defiendo al Demonio Azul, ya que desconozco el por qué de su actuar, sin embargo, yo podría decirte que el Demonio Azul, es por mucho diferente a lo que aparenta, los demonios son criaturas de apariencia perversa y no tienen corazón, esto no les permite ser amables, algunos son malcriados y algunos traviesos, aquellos que aún tienen su alma son de colores rojos y naranjas intensos, su naturaleza les hace estar activos, y su elemento es el fuego, saben cómo controlarlo y algunos llegan a ser muy malos. Existen muchos de este tipo, y están en todas partes; otra clase de demonios, los cuales son minoría y sus características muy peculiares se denominan los Demonios Azules, el que tú conociste pertenece a esta categoría, y su existencia no tiene importancia para la mayoría de los seres vivos, se puede decir que pasa toda la eternidad desapercibido, para la mayoría de las criaturas, pero ven niña, siéntate aquí cerca del pasto que rodea mis raíces, empieza a hacer frío y la hora cero pronto llegará", Estrella le pidió a Roble que le regalara un poco de sus ramas secas, y él con mucho gusto accedió, la niña acumuló una bola de energía en la palma de su mano, y al tocar la madera logró encenderla, creando así una fogata para acompañar a Roble en la velada, tomó asiento y prestó mucha atención.

El gran Roble comentó, “¡qué buen fuego!, seguramente eres un ser mágico, para lograr hacer una fogata tan grande”, la Estrella se sonrojó, pero no quiso revelar su identidad, “¡cuéntame más Roble por favor!", exclamó la Estrella, “ja, ja, ja, con gusto, pero quiero que sepas que la única verdad sobre el tema, es aquella que ha sido vivida por los protagonistas de la historia, cualquiera que cuente sobre alguien más, no necesariamente es poseedor de la verdad absoluta, si es que sabes a qué me refiero", dijo Roble, Estrella comprendió las palabras y guardó silencio, “los Demonios Azules no siempre fueron así, a diferencia de los demás demonios, los azules sí tienen corazón pero no alma, la mayoría de ellos fueron despojados de sus almas por algún otro ser, algunos incluso las venden por avaricia, y otros por un poco de poder, pero nuestro mutuo conocido es diferente, él entregó su alma por voluntad propia" la Estrella se sorprendió y a su vez preguntó, “¿la entregó?, ¡qué tonto!, ¿cómo alguien puede entregar su propia alma?, ¡pues qué pidió a cambio!, ¿qué pudo haber sido tan valioso, o tan estúpido para haberlo cambiado por su alma?", “jo, jo, jo,", rió Roble, "aquel que por desconocimiento se adelanta a los hechos, está destinado a cometer errores, aún cuando los quiera evadir", aclaró Roble, Estrella bajó la cabeza y solemnemente ofreció una disculpa, "tienes razón, perdóname, debo aprender a no juzgar antes de saber la verdad, platícame, ¿qué fue aquello que lo hizo entregar su alma?", "es de sabios ignorar y preguntar, el conocimiento no llega del cielo, este se aprende día a día y con tropiezos, continuaré mi relato para ti", comentó Roble.

La madrugada avanzaba y en los alrededores del gran árbol, se escuchaban sonidos extraños, había una presencia en el lugar, se podía sentir una mirada, incluso los coyotes aullaban con temor, pero sólo se podían ver los pastizales inmensos, el fuego y las hojas secas que daban cobijo a Estrella, se movían con el viento, Roble inició su relato, no sin antes recibir de la Niña un fuerte abrazo mientras le decía , "¡gracias por estar aquí para mi Roble, tu amistad me hace sentir muy bien!".

"Hace mucho tiempo existía un Mago que vivía en un lugar muy alejado de aquí, su hogar era una pequeña choza en el centro de un bosque, por fuera el lugar aparentaba estar construido sólo con viejos tablones de madera, se podían mirar algunas tejas que cubrían el techo, la casa aparentaba estar en mal estado, pero por dentro era muy diferente, en ese lugar la magia hacía maravillas, el Mago tenía mucho espacio , sus cosas se acomodaban por sí solas, siempre había música ambiental que provenía de ningún lugar, tenía un laboratorio en el cual realizaba ensayos y experimentos, lo que por fuera parecía un lugar desolador y triste, por dentro estaba lleno de vida, crecían plantas, vivían animales raros y todo era felicidad. El Mago en su laboratorio tenía una pequeña planta carnívora a la cual le cantaba y le platicaba historias día a día, estaba muy bien cuidada, siempre con agua y abono en su tierra, la presencia del Mago en el lugar, hacía que la planta estuviera verde todo el tiempo, aunque un hechizo evitaba que la planta creciera, esto era por seguridad, pero eso no importaba mucho, su compañera siempre permanecería joven y hermosa, el Mago era sabio y en todo momento ayudaba a las criaturas que pudieran necesitar cuidados, a veces llegaban animales heridos y este los sanaba, los alimentaba y con el paso de los días al estar curados, los ayudaba a regresar a sus hogares, el Mago era muy querido por todas las criaturas del bosque encantado. En cierta ocasión, el Mago se encontraba cerca de un arroyo, recolectaba piedras y ramas para sus experimentos, cuando de repente escuchó algo, el sonido de una voz hermosa viajaba por el aire, provenía de algún lugar cercano a donde él estaba, era un sonido totalmente nuevo, y quedó maravillado, inmediatamente, comenzó a buscar de donde provenía esa melodía, siguió a lo largo del arroyo, hasta que llegó a una pequeña laguna, cautelosamente echó un vistazo, y ahí se encontraba la mujer más bella que el Mago había visto en su vida, este permaneció oculto, observando a ese ángel que descansaba en el lugar, el Mago no pudo evitar la tentación de conocer a la bella dama, realmente tenía muchas ganas de mirar sus ojos, él sabía que los ojos son la ventana del alma, y sólo por ese medio, se puede llegar al conocimiento espiritual de alguien, el Mago se preguntaba,

¿qué tipo de alma pudiera habitar en una persona así?, ¿tendré oportunidad de ser correspondido?, ¿vivirá cerca de este lugar?, ¿qué haré si la ofendo con mi sola presencia?, innumerables preguntas inundaban la mente del hechicero, por primera vez en su vida sentía pánico, por supuesto que esto no era racional, simplemente era un sentimiento extraño y nuevo, meditó por unos segundos, calmó su mente y nuestro amigo se armó de valor, la decisión estaba tomada, ¡tenía que conocer a la hermosa dama!.

Capítulo 3

La Dama y el Mago.

El amor nos enseña a cuidar y conservar,
pero al igual que una planta sin regar,
el amor sin procurar, se puede marchitar.

El Mago se presentó de una manera muy cordial y dijo, “muy buenos días tenga usted hermosa Dama”, espero no importunarla, me encontraba yo recolectando algunos magníficos ejemplares de piedras preciosas, como usted seguramente sabe, existe un arroyo muy cerca de aquí, y sinceramente, no pude evitar el escuchar una hermosa melodía, supe inmediatamente que provenía de este lugar, al aproximarme la he mirado, y decidí presentarme ante usted, me pongo a sus pies, y si usted me lo permite, quisiera mostrarle algunas piedras, ¡son muy bonitas!, y creo que le pueden agradar, ¿está usted interesada en la gemología?”, "muy buenos días amable señor”, respondió la Dama, “no me molesta en lo absoluto, sin embargo tengo un poco de pena con usted, puesto que seguramente mi cantar le ha distraído de sus ocupaciones, le ofrezco una sincera disculpa, y con gusto estaría interesada en mirar sus valiosos objetos”. El Mago y la Dama pasaron todo el día conversando, y tratando de clasificar las piedras que él había recolectado, los minutos se hicieron horas y las horas consumieron la jornada diurna, al atardecer se despidieron y partieron cada uno a su hogar, pero con la firme intención de volverse a encontrar al día siguiente, y efectivamente así fue. "Qué bonito", suspiró Estrella, “¿pero qué tiene que ver el Demonio Azul con esta historia?", “ja, ja, ja, jo, jo, jo, ¡la paciencia es una virtud y será recompensado aquel que sabe utilizarla!", exclamó Roble.

Las llamas y el calor de la fogata, habían llamado la atención de algunas criaturas, estas se acercaban temerosas, buscando poder mitigar el frío y la oscuridad de la madrugada, así bajo el cobijo del gran Roble, Estrella y las criaturas del bosque, continuaron escuchando al gran árbol relatar su historia .

“La Dama y el Mago continuaron sus paseos y pláticas vespertinas, las dos almas diariamente se encontraban en el mismo lugar, aquel lago mágico en donde una tarde, el hechicero descubrió el milagro del amor, este mismo, incluso con toda su sabiduría y poder, nunca habría podido predecir la felicidad, y alegría que encontrarían esos dos corazones al reunirse. "Qué hermoso", suspiró Estrella, “sin embargo, como todo en la vida, los cambios son impredecibles e inminentes”, continuó Roble, “el Mago tampoco pudo imaginar lo que a continuación sucedería. Una tarde, el hechicero llegó a su cita tan esperada, se sentó cerca del lago esperando a que llegara su amada, las arenas del tiempo se consumían, y no había señal de ella, la paciencia nunca fue problema para él, por lo que esperó muchas horas, finalmente la noche cayó, y sin haber señal de su amada, el Mago tristemente regresó a su hogar, aún tenía la esperanza de que al siguiente día, su añorada compañera apareciera y pasaran un buen rato. La mañana siguiente, el Mago se presentó en el lugar y hora habitual, y nuevamente esperó, y esperó, aquella bella Dama nunca llegó, el Mago tuvo un mal presentimiento, usando su magia solicitó ayuda a las criaturas del bosque, a los seres del viento y agua para que le ayudaran a tener alguna noticia de su amada, los días transcurrieron sin tener noticia alguna, el paradero de la Dama era desconocido, hasta que un día el Águila blanca real se postró ante el Mago y dijo, "mi señor, le traigo noticias", "querido amigo, dime, ¿qué has averiguado?, ¿la encontraste?, ¿está ella bien?", preguntó el Mago, "¡si, la he encontrado!", respondió el Águila, "sin embargo, su amada no se encuentra bien, y debe venir conmigo en este preciso momento, suba, yo lo llevaré, necesitaremos de toda su magia, así que por favor manténgase sereno, y en el camino le explicaré la situación", "gracias estimado amigo, ¡dejemos que el viento del norte nos lleve!", exclamó el Mago.

"El Águila emprendió el vuelo, y al mismo tiempo explicó al Mago que había encontrado a la hermosa Dama, pero que ella había sido víctima de una maldición, de la cual al parecer no existía cura, su cuerpo estaba envenenado y su corazón moría, no pasaría mucho tiempo para que ella dejara este mundo", relataba Roble, "¿pero por qué ?, ¿quién le hizo daño?", preguntó Estrella, "la envidia mi pequeña niña", contestó Roble, "su amor y felicidad fue tan grande, que despertó al monstruo de la envidia, y este atacó a la Dama con una maldición incurable, ella se consumiría hasta el momento de su muerte, y ningún ser o poder mágico sería capaz de salvarla".

El Águila volaba con toda su energía, sus grandes alas los hacían viajar lo más rápido que podían, pronto llegaron al lugar, y el Mago corrió para ver a su amada, efectivamente se había consumido casi en su totalidad, el hechicero utilizó toda su magia, toda su energía, con esto, pretendía realizar un poderoso encantamiento sobre su amada, tenía la firme intención de curarla, pero no funcionó, el Mago intentó, e intentó, hechizo tras hechizo sin cesar, desgastando su energía vital, sin que hubiera algún cambio benéfico para la hermosa Dama, agotado el Mago, rompió en llanto y la abrazó con todas sus fuerzas, pidiendo a todos los seres de luz, que le ayudaran a salvar a su amada, pero nadie le escuchó, ahora él se encontraba solo y sin energía, para poder ayudar a su preciosa compañera, desgastado y devastado, casi perdiendo toda esperanza, el Mago recordó que en la colina del viento vivía un viejo Ermitaño, era muy sabio y poseía poderes increíbles, más allá de la comprensión de cualquier ser que habitaba la tierra, así que sin más, el Hechicero hizo un último esfuerzo, y con toda su energía remanente, levantó un encantamiento sobre su amada, haciendo que ella cayera en un profundo sueño, el cual, minimizaría sus signos vitales y retrasaría por algún tiempo su inminente muerte, logrado esto, el Mago la besó, y exhausto dijo a su amigo el Águila, “amigo, por favor ayúdame, sé que estás cansado, pero necesito que me lleves a la colina del viento a ver al ermitaño, quizá él sea el único que pueda ayudarme, te lo ruego, ya no tengo energías, ni sé a quién más recurrir", “por supuesto, sube”, afirmó el Águila, “así sea mi último vuelo, te ayudaré hasta agotar todos los recursos disponibles para salvar a tu amada". Dicho esto, emprendieron el vuelo hacia la colina del viento, donde la última esperanza para volver a ver con vida a la bella Dama yacía, nuestros amigos tenían mucha fe, todavía existía la posibilidad de encontrar un milagro en aquel desolado y desconocido lugar, no habría obstáculo que los detuviera, ya que el amor del Mago era más poderoso que cualquier situación adversa.

El Águila surcó los cielos, y atravesó fuertes lluvias y niebla, el Mago apenas podía sujetarse, y por fin después de intensas horas de vuelo, ahí se veía ya la colina del viento, con su último suspiro, el Águila agitó fuerte sus alas y se impulsó hasta la punta, donde cayó exhausta, el Mago se arrastró hasta la entrada de la cueva, donde había una campana que debía ser tocada, con ello se anunciaba la llegada de extraños, el Ermitaño salió y miró al Águila casi moribunda por el cansancio, el Hechicero estaba tirado frente a la cueva también ya sin energías, rápidamente el Ermitaño tomó agua del pozo de la vida, y dio de beber al Águila, "tranquilo" le dijo, "bebe esto y en unas horas estarás mejor", luego corrió a donde estaba el Mago, y lo cargó para llevarlo dentro de su vivienda, ahí lo recostó en una cama de bambú, y le preparó un brebaje hecho de bayas y raíces, con esto, el Mago recuperaría el aliento y poco a poco mejoraría. Pasaron horas antes de que nuestro héroe despertara, este se había desvanecido justo después de tomar el brebaje; el Mago exaltado recobró la consciencia y de inmediato saltó de la cama, corrió a buscar al Ermitaño que se encontraba en su laboratorio y dijo, "sabio señor, ¡ayúdeme! tengo que explicarle algo", "tranquilo amigo no te exaltes, estás muy débil aún", respondió el Ermitaño, "yo sé que es lo que te aqueja, me has contado todo en tus sueños, sé lo de tu amada, y la maldición que cayó sobre ella, desafortunadamente no existe poción o brebaje místico que pueda ayudarla, ¡lo lamento mucho!", "¡no puede ser!", exclamó el Mago, "he venido de tan lejos, algo debe poderse hacer", gritó el Mago, rompiendo en llanto y cayendo al piso, el Ermitaño se arrodilló y lo ayudó a incorporarse, lo sentó en una silla de madera y dijo, "amigo, tu dolor es inmenso, puedo apreciarlo, pero yo no tengo poder alguno sobre la vida o la muerte, sin embargo, aún hay algo que se puede hacer, aunque debo advertirte, la vida no puede ser comprada ni creada, pero con un regalo mágico puede ser renovada, el milagro de la vida es lo más sagrado que existe, y cualquier cosa material será inútil, para lo que en este trueque consiste, si es de tu voluntad y lo haces con fe, la supervivencia de tu interés se hará realidad", "sabio señor, haré lo que sea, dígame qué debo entregar, ¡mi existencia!, ¡mi vida misma incluso!, ¡todo lo que sea, a cambio de que ella viva!", exclamó el Mago, "la existencia, así como la vida son cosas triviales, ya que cuentan con un principio y un fin, el regalo que debes ofrecer, no puede ser menos, ni igual de lo que deseas intercambiar, deberá ser de un valor mayor, en este caso mi amigo, nadie puede decirte qué será, o qué es lo que se te quitará, el hechizo es tan poderoso, que hasta el momento en que todo se conjugue en el Universo, y que sea el instante de verdad, tu ser y tu energía sin restricción alguna, simplemente lo entregará".

"¿Qué es?, ¿qué es?", preguntó Estrella, dime Roble, ¿qué es lo que el Mago debió entregar?, ¡dime por favor!, ¿salvó a la Dama?, ¿llegó a tiempo?, ¡cuéntame más!", "ja, ja, ja, jo, jo, jo, eres muy impaciente pequeña niña", respondió Roble, "¡ten!, toma algo más de mi leña y aviva el fuego, que el frío de la noche está arreciando", Estrella cerró sus ojos y se concentró, acumulando energía en la palma de su mano, avivando la majestuosidad del fuego, agregó algo más de leña y se sentó nuevamente muy contenta, entonces la narración del enorme árbol continuó.

"El Ermitaño explicó al Mago lo que debía hacer", "cuando la Luna llena toque la punta más alta del cielo, deberás juntar los elementos tierra, fuego, aire, agua, y hacer un círculo especial, necesitarás tierra mágica del valle de los duendes, viento del norte de la ciudad de las nubes, y agua sagrada de mi pozo de la vida, un fuego hecho con leña del lugar encenderás, y ahí el poderoso conjuro recitarás, agotado el fuego, las cenizas entonces juntarás, y con agua sagrada del pozo de la vida, el lugar regarás, un ser de luz aparecerá, revelando aquel con el que el trueque harás, la vida de tu amada por algo tuyo intercambiarás, lo que sigue está fuera de mi conocimiento y entendimiento, pero puedo decirte que quizá a esta colina nunca regresarás, tienes exactamente doce horas para la luna llena, ¡corre amigo mío!, ten, llévate mi agua y realiza tu sueño, que los señores de los cielos te protejan e iluminen, recuerda que te acompañan siempre en tu camino, y de aquí a la eternidad", el Mago corrió a buscar a su amigo Águila, que ya estaba listo para emprender el vuelo de regreso, pero antes, debían pasar por tierra mágica al valle de los duendes, de ahí, dirigirse a la ciudad de las nubes, donde encontrarían el viento del norte, afortunadamente, el agua sagrada del pozo de la vida había sido un regalo por parte del Ermitaño; por supuesto que todos los elementos serían protegidos al máximo, incluso con la propia vida. Águila voló y recorrió kilómetros y kilómetros, ayudando en todo a su valiente amigo el Mago, impulsado por la misma energía y esperanza, que hacía que el hechicero mantuviera sus fuerzas y fe, pronto juntaron los elementos y llegaron al lugar donde la bella Dama dormía, sólo unos pocos minutos quedaban para que la luna alcanzará su punto máximo, el Mago debía hacer todo de inmediato, el tiempo se agotaba para que pudiera realizar el conjuro, apresurado, el Mago hizo un círculo con tierra mágica, juntó madera para encender fuego, y lo avivó con el viento del norte, exclamando las palabras mágicas que el Ermitaño le había enseñado. "**¡Imperare, lux et saltare, deprehendere ut mágica, et ex ventus, et aqua spiritus**!", [1]el fuego creció inimaginablemente, y quemó todo a su alrededor, incluso el Mago fue impulsado lejos por una fuerza extraña, que lo azotó contra el piso, los vientos arrasaron con todo, pero

---

[1]"comando para detectar la luz y la danza, la magia y el espíritu del viento y el agua."

inexplicablemente, el alboroto acabó en un santiamén, sólo quedó un silencio sepulcral, y en el lugar, cenizas blancas dentro del círculo de tierra, el hechicero como pudo se acercó, tomó el agua, y la roció sobre las cenizas, esperando el milagro que pronto salvaría a su amada.

Capítulo 4

El Sacrificio del Mago.

Una vida sin sacrificios,
es como una ensalada sin aderezo.
los vegetales le dan sabor a la ensalada,
y los sacrificios le dan sentido a la vida.

"Una pequeña raíz emergió de entre las cenizas, pronto se tornó verde y comenzó a crecer rápidamente, otra raíz más salió, y otra más, y otra más, las cuatro se unieron y formaron un tallo, este aumentó de tamaño, a un poco más que la estatura de un niño, una bella planta se formó, un "Taraxacum", el Mago la admiró y de entre los lóbulos blancos, dos ojos se formaron y lo miraron, el Mago intentó comunicarse con esos ojos y de pronto se escuchó una voz, "¿por qué me has llamado?", ¿cuál es tu deseo?", el Mago comenzaba a hablar cuando la voz le dijo, "¡calla y tócame!", el Mago puso su mano en el tallo y comenzó a sentir que se tornaba caliente, al grado que logró quemarlo y por reflejo la quitó rápidamente, su mano estaba roja y lastimada. La voz dijo, "ahora lo sé, un trueque deseas realizar, mas lo que pides debe de ser de un valor menor, comparado a lo que a cambio quieras entregar, por lo que si así lo deseas, ¡con tu alma me deberás pagar!", dicho esto, el Mago habló por medio de su mente y le dijo, "no hay nada más sagrado para mí, que el amor encontrado en su ser, mi alma es el regalo para que su vida retorne justo antes del amanecer", la voz le contestó, "la vida en la forma que la conoces no podrá restablecerse, dos seres cambiarán de forma y uno más renacerá, con tu alma la vida darás, sin embargo a ella no la reconocerás, polos opuestos a partir de ahora serán, uno al firmamento volará, iluminando todo con la energía que le habrás de dar, el otro por la eternidad caminará, sólo en el valle de las sombras se arrastrará, con tu aliento este trueque consumarás, y el pasado pronto quedará atrás, la memoria en ti cambiará, sin embargo la vida creada nunca esto recordará, ese es el precio, que por tu afán de modificar la existencia pagarás, con la consciencia de no volverla a ver del mismo modo nunca jamás, tómame y sopla con tu aliento, entonces mis lóbulos volarán, el viento es aquel que me habrá de transformar". "El Mago comprendió las palabras y aún cuando pudo dar marcha atrás, no lo hizo, decidido en salvar a su amada, tomó el tallo, y sopló, y sopló, los lóbulos partieron hacia el cielo y pronto envolvieron todo el lugar, un viento del norte frío levantó a los enamorados en el aire, y por última vez el Mago pudo tocar la mano de su amada, dos luces salieron de sus mentes uniéndose en una sola, la energía fue tan brillante que parecía como si un cometa hubiera cruzado la atmósfera, la luz descendió hasta donde estaba el tallo y ahí explotó, una enorme onda expansiva desvaneció todo alrededor; de los dos seres, sólo quedaba una sombra y una flama, la sombra cayó al piso, y la flama voló, parecía un cohete a toda velocidad, cruzando los cielos para llegar a las estrellas, donde al final estalló en mil colores, eso fue lo último que se supo de la bella dama".

"Pronto todo quedó en silencio, ni un murmullo se escuchaba, nada absolutamente se movía, sólo permanecía encendida la luz en el tallo, parecía que ésta absorbía cualquier tipo de ruido, y a su vez consumía toda la oscuridad, súbitamente la luz comenzó a desaparecer, estaba siendo devorada por el tallo, y en medida que lo hacía, este comenzaba a crecer más y más; el tallo se convirtió en un tronco gigante, hasta que finalmente consumió la luz, y todo quedó en tinieblas". "Magnífico, ¡qué historia!". comentó Estrella, "es fantástica, se me hace increíble, pero dime, ¿qué pasó con el Mago?". Roble continuó su relato, pero en su mente se le hacía muy curioso, que la niña estuviera tan interesada en el tema, parecía poner especial atención a los detalles de la historia.

"La sombra que cayó al piso se arrastró hacia una cueva, donde por dos días y dos noches permaneció, ahí su transformación se completó, gritos de angustia y dolor se escucharon, aún hoy en día se comenta, que si te acercas a la cueva y pones atención, puedes escuchar esos lamentos fantasmales", aclaró Roble, "¿esto puede ser verdad?", preguntó Estrella, "claro", respondió Roble, "las piedras guardan secretos mi niña, algunas por más tiempo del que deberían. Dos ojos espectrales se vislumbraron a la entrada de la cueva, de entre las sombras pronto una silueta apareció, no quedaba nada más de aquel incansable Mago que a todos ayudaba, ahora, el rey de esos lares se arrastraría en la forma de un Demonio Azul, un ser sin alma, y con el corazón frío como hielo, atormentado por sus propios pensamientos, y con la incansable necesidad de torturar a todo aquel que demostrara un poco de amor y compasión; él simplemente no toleraba, que alguien sintiera lástima por ese ser en el que se había convertido".

Una lágrima cayó al suelo, congelándose de inmediato, Estrella no pudo contener la tristeza, y en su pensamiento se disculpó, por haber juzgado mal, a la criatura que parecía ser un monstruo, pero ahora sabía que alguna vez fue un maravilloso ser compasivo. De pronto Roble exclamó, "¡rápido Estrella, seca tus lágrimas y borra cualquier pensamiento lastimoso, el Demonio Azul puede leer tu mente, y créeme, él está rondando este lugar, aún cuando no lo veas, él sigue por aquí!", Estrella rápidamente hizo lo que Roble le estaba pidiendo, y ocultó cualquier pensamiento negativo de su mente, sin embargo en ese momento, decidió que debía seguir indagando, para ver si existía algún modo de ayudar al Demonio Azul; a Estrella no le parecía justo que él se mantuviera así por la eternidad, sobretodo sabiendo que su transformación fue por hacer el bien.

El aire se tornó frío, y de inmediato un viento siniestro acarició a Roble y a Estrella, extinguiendo de inmediato la fogata, súbitamente, ¡una voz furiosa se escuchó!, "¿por qué no te has ido?", dos ojos verdes como el fuego infernal se mostraron en la oscuridad, las criaturas del bosque, que se habían acercado al calor de la fogata, corrieron despavoridas, dejando solos a Estrella y a Roble, "sabes que no debes estar aquí", {no debes, no debes, no debes}, estas palabras resonaban en la mente de Estrella, "tú no perteneces a este lugar, ¡MÁRCHATE!", exigió la voz, Estrella se armó de valor y respondió, "tú no eres nadie para expulsarme de este lugar, ¡muéstrate!", "ja, ja, ja, ja", rió la voz, "¿crees saber quién soy?, ¿crees que el cuento de hadas que relató Roble es verdad?, no tienes idea lo que estás pidiendo!, ¡AQUÍ TU NO PUEDES EXIGIR NADA!", la voz retumbó, por todo el lugar, una neblina cubrió el suelo, Estrella corrió con Roble y este la protegió con sus enormes ramas, "¡Demonio!" exclamó Roble, ¡ALÉJATE DE AQUÍ!", "ja, ja, ja, ¿tú crees que puedes protegerla de mi?", respondió el Demonio, "esta es mi tierra, este es mi hogar, aquí nadie está a salvo, ¡nadie puede esconderse de mi!", estruendosamente un rayo cayó del cielo, prendiendo de nuevo la fogata, todo terminaba en un segundo, la neblina había desaparecido, los ojos verdes del fuego infernal no se miraban más, y el silencio de la noche nuevamente dominaba el aire, Estrella temblaba y abrazaba a Roble con todas sus fuerzas, "tranquila mi niña, tranquila yo te protejo", dijo Roble, "sería mejor si regresas a tu hogar, donde quiera que este sea, aléjate de éste lugar maldito, en cierto modo el Demonio Azul tiene razón, tú no deberías estar aquí". "¿Pero por qué me odia?", preguntó Estrella, "¡yo no le he hecho nada!", "no eres tú pequeña niña" respondió Roble, "el Demonio Azul perdió toda capacidad de razonar, él no puede amar, ni tener compasión por otros seres vivos, su corazón se llenó de odio y maldad, además su eterno sufrimiento lo atormentará hasta el final de los tiempos, es el precio que tuvo que pagar por su necedad", "¡pero él no era así!", comentó Estrella, "¿en realidad habrá olvidado todo?, ¿estará diciendo la verdad?, ¿la historia que me contaste será cierta ?, ¡ya no sé ni qué creer!".

"Ja, ja, ja, jo, jo, jo", rió Roble, "el Demonio Azul sembrará la duda en ti, es el modo de entrar en tu mente, nada de lo que yo pueda decirte será verdad, si tú no quieres creerlo, en realidad nada en esta vida se vuelve verdad, hasta que uno tiene fe en ello, por ejemplo, tú nunca hubieras creído que un viejo Roble como yo pudiera hablar, hasta que me viste hacerlo, lo creíste, tú nunca hubieras creído que conocerías este lugar, y sólo hasta que decidiste venir y caminar en estos pastos, lo creíste, por lo tanto, en realidad siempre dependerá de ti creer qué es la verdad y qué no, pero siempre hay que tener fe". Estrella se quedó pensando en las palabras de Roble, quizá tenía razón, y si ella tenía fe, la historia habría sido verdadera, y esa corazonada que en algún momento tuvo, sobre que el Demonio Azul no es un ser malvado, podría ser realidad también; "tienes razón Roble", dijo Estrella, "yo sé que quizá la duda siempre estará ahí, pero he decidido creer en tus palabras, y sé que muy en el fondo del Demonio Azul, aún sigue existiendo un corazón, quizá esté congelado o marchitado, pero incluso en los glaciares más fríos, es posible avivar un fuego, por lo que también yo decido creer, en que puedo ayudarlo a no vivir maldito eternamente".

Capitulo 5

La Aventura de Estrella.

La vida misma es una gran aventura,
a veces es cruel y ciertamente insegura.

"Ahora debo pensar qué es lo que yo puedo hacer, ¿por dónde comenzar?", pensó Estrella. Los primeros silbidos de los pájaros comenzaron a sonar, y los murciélagos volaron de regreso a sus madrigueras, los rayos de luz de la mañana comenzaron a tocar el suelo, "¡cielos!", exclamó Estrella, "está amaneciendo, el tiempo pasó volando y yo debo descansar, nunca hubiera imaginado la hora que es, con razón ya siento mucho cansancio", "ji, ji, ji", rió Estrella mientras se ruborizaba, "estoy muy lejos de casa, debo encontrar un lugar para descansar y recobrar mis energías pronto", "existe una vieja casa de madera muy cerca de aquí" comentó Roble, "deberás caminar al norte y cruzar el río místico de aguas cristalinas, del otro lado encontrarás un sendero de tierra blanca, está rodeado por enredaderas, ese camino te llevará a la casa de madera, no es muy lejos, si te marchas ahora, llegarás rápidamente y ahí podrás descansar, ese lugar está protegido por una magia blanca, y te ayudará a reponer tus energías, además de que nadie te podrá molestar, una vez que estés ahí, anda mi pequeña niña, ve y encuentra tu camino, y que los seres de luz te protejan, pronto saldrá el sol y yo también debo descansar". Estrella se levantó, no sin antes apagar la fogata, y agradecer a Roble todas sus atenciones, así inició su camino, y Roble al despedirla le dijo, "hasta pronto hermosa niña, y nunca digas gracias, mejor dime que pronto regresarás”, el majestuoso árbol agitaba sus enormes ramas, y con sus hojas verdes parecía despedirla, “¡hasta pronto!, ¡hasta pronto!”.

Estrella no tardó en llegar al río místico de aguas cristalinas, la niña alcanzaba a mirar al otro lado, y ahí se encontraba el camino de tierra blanca, que Roble había mencionado, ese sendero la llevaría a la casa de madera, nuestra amiga estaba agotada, y no veía cómo podía cruzar, desesperada, decidió intentar nadando, pero justo cuando se disponía a hacerlo, un sapo que estaba en una roca gritó, “¿qué haces extraña?, no puedes nadar en estas aguas, ¿qué pretendes?, este no es un balneario, ¡aléjate!, ¿sí?”, Estrella inmediatamente se disculpó y le dijo al sapo, "oh señor Sapo lamento mucho todo esto, yo no sabía que no se puede nadar, simplemente estoy intentando cruzar al otro lado, debo ir a la casa de madera, el viejo Roble que vive en el bosque, me ha dicho que ahí puedo descansar", el Sapo respondió, "ese viejo Roble, (mientras se tocaba la cabeza y jalaba sus tres pelos que tenía en ella), siempre enviando a extraños a estos lugares, pero lo peor, es que no les da las indicaciones correctas, mira niña, para cruzar debes llamar al barquero, en aquella rama de allá hay un cuerno, deberás soplarlo y el barquero vendrá, es imperativo pagarle con dos monedas de plata, sólo así él te llevará al otro lado”, dicho esto, el Sapo saltó al agua y desapareció en el fondo, Estrella gritó, “¡señor Sapo no se vaya!, ¿de dónde voy a sacar dos monedas de plata?, ¡espere señor sapo!, ¡espere, no se vaya!, aún tengo que hacerle una pregunta, Estrella se quedó ahí pensando, ya estaba muy cansada, pero aún así, debía encontrar la forma de llegar al otro lado, el sol comenzaba a salir y el agotamiento era cada vez mayor.

Estrella se acercó cautelosamente hasta donde estaba el cuerno y pensó, "quizá si llamo al barquero podría hacer un truque con él, y pedirle que me lleve al otro lado, a cambio de otra cosa que no sean las monedas", la niña tomó el cuerno y sopló, ningún sonido salió de él, así que sopló nuevamente con todas sus fuerzas, hasta casi quedar sin aliento, aun así, ningún sonido se escuchó, de pronto un viento helado acarició a Estrella por la espalda, la niña sintió un escalofrío recorriendo su cuerpo, y algo, o alguien le susurró al oído, “no cruces, mejor regresa”, Estrella volteó rápidamente muy asustada, pues parecía que alguien había tocado su hombro, y al mirar, no había nada, ni nadie, Estrella observaba para todos lados, pero no había ni una señal de vida cercana, regresó la mirada hacia donde estaba el cuerno para soplarlo nuevamente, y ahí estaba frente a ella, ¡el Barquero!, una figura siniestra, tapada con harapos roídos por el paso del tiempo y la humedad, a través de ellos, se alcanzaba a apreciar un cuerpo de huesos viejos, que rechinaban al moverse, Estrella se exaltó mucho, pero con voz firme le dijo al Barquero, "señor del río, necesito que me lleve al otro lado, prometo que al llegar allá yo.....”, el Barquero la interrumpió sin decir palabra alguna, sólo con su mano hizo la señal de un dos, refiriéndose a las dos monedas que debía pagarle, Estrella nuevamente comentó "señor es que yo no ten.....", el Barquero la interrumpió nuevamente sin decir palabra alguna, y estiró su mano señalando uno de los bolsillos de Estrella, la niña metió su mano y encontró dentro dos monedas de plata, no se explicaba cómo habían aparecido esas monedas ahí, sin embargo las tomó, y las puso en la mano huesuda del Barquero, este las guardó en un quinqué que había al frente de la barca, y se preparó para partir, Estrella rápidamente subió a la chalupa, la cual estaba sumamente deteriorada, pero inexplicablemente aún flotaba, el Barquero comenzó a remar hacia el otro lado del río, y conforme avanzaba, las tinieblas quedaban por completo atrás, el sol se asomaba cada vez más, iluminando todo el lugar, de pronto, algo hizo que Estrella quisiera voltear hacia la orilla donde había tomado la barca, y cerca del cuerno entre las sombras, alcanzó a divisar un par de ojos verdes que la observaban, fue tan sólo un segundo antes de que se desvanecieran entre la penumbra, rápidamente Estrella volvió su vista al frente, tratando de hacer caso omiso a esto, sin embargo la niña sentía que algo aún la miraba, incluso por un momento llegó a considerar, que alguien, o algo, iba sentado a su lado, sin embargo, los únicos dos pasajeros de la roída embarcación, eran ella y el Barquero; durante todo el viaje se podía escuchar, como rechinaban las coyunturas de hueso milenario del remero, arrullando a nuestra querida niña que ya moría de sueño. El viaje fue corto, y en menos de lo que Estrella esperaba, la embarcación atracaba en el muelle del destino, el camino de tierra blanca, ya estaba muy cerca, apresurada por descender de la fantasmal chalupa, Estrella dio las gracias, y corrió hasta el camino, ahí abrumada por todo lo ocurrido, se arrodilló y tocó con sus manos la sagrada tierra, inhalando y exhalando muy rápidamente, la niña trataba a toda costa de recuperar el aliento, y hacer que su corazón se calmara, finalmente con su mirada cansada, logró ver a lo lejos del camino, una pequeña casa, ella estaba segura, que era la casa de madera que Roble había mencionado, por fin parecía que después de tanto tiempo, la niña podría descansar.

Estrella caminó por el sendero, y por fin llegó a la pequeña casa de madera, se dispuso a abrir la puerta, y justo cuando iba a agarrar el picaporte, este giró solo, y la puerta se abrió, Estrella dio un paso adelante y preguntó, "¿hola?, ¿hay alguien en casa?", una voz contestó, "entra por convicción propia, aquí eres bienvenida niña", sin embargo la voz parecía provenir de ningún lugar, Estrella cruzó la puerta, y lo que por fuera era una casa de madera, por dentro albergaba una enorme mansión, con todas las comodidades dignas de un rey, Estrella se encontraba en un enorme hall, con piso blanco brillante, al fondo habían unas escaleras de alfombra roja, que subían hasta lo que parecían ser las habitaciones, del lado derecho, se podía ver un estudio con un piano de cola al centro, del cual provenía una música celestial muy relajante, a la izquierda, había un corredor que parecía llegar a lo que era la cocina, de donde provenía un aroma delicioso, quizá era comida recién hecha, alguien seguramente estaba cocinando ahí. Estrella cautelosamente avanzó hasta el centro del hall, y súbitamente, la puerta se cerró detrás de ella, nuevamente Estrella preguntó, "¿hola?,

¿hola?, ¿hay alguien en casa?", esta vez nadie respondió; en la planta alta, se escuchaba que una puerta rechinaba, esto llamó la atención de Estrella, rápidamente, la niña subió las escaleras, la puerta llevaba a una habitación enorme, del interior emanaba una luz blanca, la niña temerosa ingresó en el cuarto, lo único que ella buscaba, era algún lugar con una cama para recostarse, el cuarto estaba pintado todo de color blanco, al centro había una cama con pabellón de seda, el conjunto de sábanas y almohadas, también de color blanco, se veían tan cómodas que de inmediato Estrella sonrío, y corrió para recostarse en ellas, justo al llegar el pabellón, este se abrió mágicamente, y el edredón y sábanas se movieron para que ella pudiera reposar, la habitación era tan hermosa y confortable, que de inmediato los ojos de Estrella comenzaron a cerrarse, la niña acomodó las almohadas y se dispuso a descansar, la luz empezó a disminuir lentamente, al punto de sólo quedar un pequeño haz que provenía del pasillo, Estrella no podía mantenerse despierta, su cansancio era extremo, mientras cerraba los ojos, alcanzó a ver por debajo de la puerta, una sombra que provenía de dos pies, era como si alguien estuviera parado afuera de su recamara, sin embargo, finalmente el cansancio la venció, y durmió profundamente, sin darse cuenta que la luz del pasillo se apagó, y todo el lugar quedó en total oscuridad, algo movió las sabanas y cobijó a la niña mientras dormía, susurrándole al oído, "¡descansa!, ¡descansa!".

El tiempo parecía haber volado, y para cuando Estrella abrió los ojos, ya estaba totalmente llena de energía y feliz, estiró los brazos y bostezó con una sonrisa en su rostro, a un lado de su cama, se encontró con una pequeña mesita que tenía una tetera, una taza, y un plato, los tres de porcelana blanca con vivos dorados, en ellos había té recién hecho, el cual estaba humeante, y su aroma era exquisito, el plato contenía galletitas, que parecían recién salidas del horno, un quinqué alumbraba el lugar, Estrella decidió servir el té en la taza y comer las galletitas, ¡estaban deliciosas!, y el té, parecía como una bebida preparada por los dioses, la niña tenía muchas ganas de conocer a la persona que le había dado tantas atenciones, por lo que se levantó de la cama, y corrió hacia la entrada de la habitación, de pronto, del lado derecho de la misma, junto a un closet, una puerta diferente se abrió, revelando el baño principal, éste, estaba decorado con mármol reluciente de primera calidad, al fondo se miraba una enorme tina que estaba lista para usarse, el agua calientita evaporaba, e invitaba a la niña a acercarse y tocarla, Estrella se sorprendió por el lugar y pensó, "¿por qué no?, un buen baño caliente no me caería nada mal", contenta corrió, se quitó su ropa sucia, la aventó, y se metió en la tina, sintiendo inmediatamente como el agua la reconfortaba, sin duda era una experiencia única, el baño olía a flores exóticas, la espuma escurría por los lados de la tina, y las burbujas comenzaron a flotar en el aire, llenando todo el lugar como si fuera el cielo, parecía como si estuviera en las nubes y pensó, "¡este lugar me recuerda mucho a mi hogar!, qué feliz me siento", cerca de la tina había un mueble con patitos de hule, y muchos otros juguetes, como la niña aún era pequeña, los tomó y jugó, y jugó en el agua, la cual parecía nunca enfriarse. Las manos de Estrella se arrugaron después de estar mucho tiempo dentro del agua, y decidió por fin salir de la tina, sólo para encontrar en un closet, un sin fin de toallas blancas, hechas del mejor algodón que existe, estas eran enormes y podían cubrirla por completo, la niña tomó una y se envolvió en ella, secando todo su cuerpo, al finalizar pensó, "mi ropa está sucia, ¿qué podré hacer?", súbitamente una puerta del closet se abrió, y la niña encontró su ropa recién lavada y perfumada, Estrella se asombró, pero no le dio miedo sino al contrario, se sintió consentida, quizá sólo era alguna magia extraña, que la estaba ayudando, ella sabía que lo merecía, hasta ahora se había portado muy bien. Rápidamente Estrella se vistió y salió del baño muy contenta, pues se sentía renovada y limpia, corrió a la puerta de la habitación para salir al hall, y justo antes de llegar, miró la sombra de dos pies por la ranura de abajo de la puerta, lo que hizo que se detuviera abruptamente, "¿quién será?", se preguntó Estrella, al momento que recordó, que justamente antes de dormir, había visto esa misma sombra de pies, parados afuera de la habitación .

La niña tomó el picaporte y éste estaba helado, al grado tal, de casi quemarle la mano, inmediatamente la alejó, y esta vez corrió al baño por una toalla, regresó a la puerta y usó la tela para tomar el picaporte, pero para su sorpresa, éste ya no se encontraba helado, toda esta situación le extrañó mucho, sin embargo agarró valor, y abrió la puerta de golpe, en el pasillo no había nadie, inmediatamente Estrella preguntó, "¿hola?, ¿hola?, el corredor esta vez era un poco diferente de como ella lo recordaba, si miraba hacia la izquierda, el corredor parecía no llegar a ningún lado, puesto que acababa en una pared, y si miraba hacia la derecha, se podían ver unas escaleras que descendían, mas adelante había una puerta de madera negra, que al mirarla, hacía que a cualquiera se le erizaran los cabellos, y se le enchinara la piel, de pronto, Estrella al tener su mirada fija en la puerta, sintió como si esta se le viniera encima, y por un momento quedó paralizada, sólo podía mover sus ojos, que cada vez se le hacían más grandes de la impresión y terror, pero ningún músculo de su cuerpo le respondía, se sentía como un vegetal. Nuestra amiga, haciendo uso de su mente, logró con mucho esfuerzo moverse y volvió rápidamente a la habitación, muy asustada azotó la puerta por detrás de ella, y corrió a la cama donde se refugió debajo de las cobijas, "¿qué es esto?", pensó Estrella, "este lugar es muy raro, debo marcharme lo antes posible", y justo cuando se disponía a vestirse un aroma recorrió la habitación, "¡qué delicia, huele a desayuno!", exclamó Estrella, "¿pero de dónde proviene?". La niña muy lentamente quitó las cobijas de su rostro, y miró que en el fondo de la habitación, sobre una cómoda estaba una charola de plata, con lo que parecía ser un desayuno muy completo, había pan francés con mucha miel, un plato con fruta de todos colores, un enorme vaso de leche y jugos de fruta, "¿pero qué veo?, ¡este lugar es mágico!", pensó Estrella, y corrió a comer todo lo que pudo, se atragantó hasta saciarse, ¿cómo era todo esto posible?, la casa parecía cambiar con el humor de Estrella, y de algún modo había logrado cambiar la percepción de miedo que tuvo, por una de felicidad y regocijo, de pronto, alguien tocó el hombro de Estrella, y al voltear una linda viejecita estaba parada justo detrás de ella, "¡buenos días mi niña!, je, je, je, veo que estas desayunando", dijo la viejecita, con una voz dulce y amigable, Estrella exaltada contestó, "¡buenos días señora!, perdone mi reacción, pero no la escuché entrar, y he tratado de hablar con el dueño de la casa, pero nadie había respondido, yo queri...", "no te preocupes mi niña, interrumpió la viejecita, ¡termina tu desayuno!, ten, mira, te traje chocolatito caliente", "te dejo la jarra, sírvete lo que gustes, y cuando termines te espero abajo en el hall, pasaremos un buen rato platicando". Estrella tomó un panqué y lo metió a su boca en ese instante, "mmunch.., si, mmunch.., mmunch.. mmunch.., gracias, mmunch..", al momento que se disponía a agradecer a la viejecita, esta había desaparecido, Estrella se asustó un poco, pero siguió desayunando, y disfrutando las delicias que la señora había dejado para ella.

"Ah que delicia, ¡estoy satisfecha!", exclamó Estrella, al tiempo que sobaba su pancita, y limpiaba su boca con una servilleta, la niña se levantó de la mesita y fue al baño, pero la puerta ya estaba cerrada, "¡qué raro!", pensó Estrella, "no recuerdo que hubiera cerrojo en esta puerta", la niña intentó abrir nuevamente la puerta, sin embargo no lo consiguió, así que decidió ir a ver a la viejecita al hall,

Estrella salió de la habitación, y ahora mágicamente se encontraba en la planta baja, había salido directamente al hall, "¿cómo es esto posible?," se preguntó Estrella, "esta casa es muy rara", pero aún así, caminó hasta el centro de la enorme habitación, donde se encontraba el piano, "¡excelente!, "qué hermoso instrumento musical", pensó Estrella, mientras acariciaba las teclas de marfil, éstas brillaban de lo limpias que estaban, de repente, el piano comenzó a tocar una melodía hermosa, Estrella rápidamente corrió a un sillón que se encontraba cerca, y se sentó a escuchar la melodía, el sillón era tan cómodo, que Estrella comenzó a relajarse mucho, y tarareaba la melodía que parecía hipnotizarla, "lalala, lalala, lalala, lalala", Estrella pensó, "qué hermoso lugar, qué bueno que Roble me mandó a descansar aquí, no quisiera irme nunca", ¡boom!, un trueno se escuchó, y el piano dejo de tocar, todo quedó en silencio, las luces se apagaron, no había ni un murmullo, Estrella se asustó muchísimo, "¿qué pasa?, ¿hola?, ¿hola?", preguntaba la niña, en tan sólo un momento, las luces regresaron, y el piano comenzó a tocar nuevamente la melodía, la niña realmente estaba muy asustada, no sabía que había sucedido, súbitamente se levantó del sillón, y comenzó a recorrer el hall buscando la salida, había muchos corredores que llevaban a distintos lados de la casa, pero Estrella ya no podía distinguir cual ya había recorrido, y cual no, desesperada, decidió tomar uno muy oscuro y corrió y corrió a través de él, finalmente a lo lejos se podía ver una luz, por lo que apresuró la marcha, la niña llegó hasta el final del corredor, y de una manera muy extraña volvió a salir de nuevo al hall, ahí estaba el mismo piano que segundos antes había dejado atrás, ¿cómo era esto posible?, Estrella caminó al centro del hall y decidió tomar un corredor diferente, nuevamente corrió y corrió, este parecía ser un poco más largo, al finalizarlo Estrella se encontraba nuevamente en el hall con el piano, aterrada, decidió intentar tomar otro corredor y lo recorrió hasta el final, regresando nuevamente al hall con el piano, parecía que todos los corredores la llevaban al mismo lugar, y no había manera de salir, la niña estaba muy asustada, respiraba y exhalaba muy rápidamente, sus piernas le temblaban, el llanto parecía inminente, de pronto, en la entrada de un corredor apareció la viejecita, y esta le preguntó a Estrella, "¿qué pasa mi niña?, ¿por qué parece que vas a llorar?, siéntate y descansa, te ves agitada, mira, te traje unas galletitas y té del que te gusta", Estrella se asustó más y dijo, "señora ha sido usted muy amable, y agradezco todo lo que ha hecho al brindarme refugio y sustento, pero debo marcharme, por favor muéstreme la salida", "ji, ji, ji, ji, ji, ji, pero niña, ¿qué no estás a gusto aquí?", preguntó la viejecita, "disfruta y relájate, seguramente el piano te reconfortará", "gracias señora, ¡pero no!", respondió Estrella, "¡debo marcharme ahora!, por favor dígame, ¿dónde está la salida?" "ay hijita, ¿qué no ves?, ¡AQUÍ NO HAY SALIDA!, ja, ja, ja, ja, ja", exclamó la viejecita, Estrella rompió en llanto al tiempo que gritaba, "usted no puede obligarme a estar aquí, ¡déjeme salir", "ji, ji, ji, nadie te ha obligado a nada hijita, ¿no recuerdas?, tú entraste por convicción propia, así que relájate, ¡porqué nunca saldrás!".

¡BOOOM!, un trueno sacudió el lugar, las luces se apagaron y una puerta enorme se abrió azotándose, zumbaban unos vientos huracanados que invadieron todo el lugar, los rayos y centellas que caían afuera de la casa, hacían que en el marco de la puerta, se dibujara una figura de alguien con un sombrero en forma de pico, una especie de bata larga y un bastón, sin embargo, no se podía distinguir bien quién era, puesto que las sombras y rayos distorsionaban todo, así mismo, la ventisca hacía casi imposible poder abrir los ojos, ¿qué estaba pasando?, ¿qué ocurría?, se preguntaba Estrella internamente, y sintió que su corazón se detenía, aquel lugar hermoso, de pronto se había convertido en su peor pesadilla, y parecía no tener salida.

El miedo era tal, que las lágrimas rodaban por la cara de Estrella sin control, su cuerpo se erizaba y la falta de aliento la sofocaba, la figura que se dibujaba en la puerta comenzó a entrar y se perdió entre las sombras, hasta sólo poderse ver, dos ojos verdes en la oscuridad, unas llamas infernales emanaban de ellos, y de pronto una voz aterradora dijo, "TÚ NO DECIDES QUIÉN SE QUEDA O QUIÉN SE VA", la viejecita se encorvó y se erizó, como si fuera un gato a la defensiva, "¡ella entró aquí por convicción propia!, así que me pertenece, ¡ese es el mandato!", gritó la viejecita, "¡TU LA LIBERARAS DIJE!, ELLA NO ES TUYA", exclamó la voz aterradora, {BOOOM} un rayo cayó en medio del hall, y quemó el piano, pedazos de madera quemada cayeron muy cerca de donde estaba Estrella agazapada, "¿qui..quién es esa criatura que habla?,

¿a qué se refiere?, ¿por qué está pasando esto?", pensaba Estrella, mientras cubría sus oídos, para no escuchar el estruendo del trueno que acompañó al rayo, de pronto, de entre las sombras salió una mano siniestra, que se acercó rápidamente a Estrella, la tomó de un brazo, y la jaló desmesuradamente, acercándola a las sombras, y hacia la puerta, ésta, continuaba azotándose por el viento endemoniado, la viejita grito "NOOOOO, NOOOOO TE LA LLEVES, ELLA ES MÍA, BEBIÓ EL TÉ, ESCUCHÓ EL PIANO, ME PERTENECE, ¡DEVUÉLVEMELA!", la mano llevó a Estrella hasta el punto en el que se encontraba detrás de la figura infernal, y a solo unos pasos de la puerta principal, inesperadamente, una voz sollozante le dijo al oído, "corre escapa de aquí, ¡ahora!", y la empujó hacia la puerta. "TU ERES UN REFLEJO DE MI VOLUNTAD, Y AHORA TE DESTIERRO A LAS SOMBRAS, HASTA QUE VUELVAS A OBEDECER A TU CREADOR", una luz de fuego iluminó el ya casi destruido hall, Estrella corrió en contra de los vientos, hasta que por fin con una mano logró agarrar el marco de la puerta, volteó en el momento justo en el que se iluminó todo, y lo único que alcanzó a ver, fue un par de piernas y una cola de color azul, justo antes de que el mismo resplandor, la aventara hacia fuera de la casa, cayendo al piso y rodando unos metros sobre el pasto, un estruendo cerró la puerta de la casa, succionando el último rayo de luz de fuego, por debajo de esta, y mágicamente todo quedó en silencio.

Capitulo 6

El Señor Topo.

Amigo no es aquel que conoces de toda la vida,
tampoco aquel que ha hecho nada por ti.
Amigo es aquel que se entrega en corazón y alma,
aun cuando acaba de conocerte.

Estrella se encontraba tirada boca abajo sobre el pasto, muy conmocionada por todo el suceso, como pudo levantó la mirada, y la paz reinaba, el cielo era azul y el pasto verde, los pájaros cantaban, las mariposas volaban, todo era normalidad, esto sorprendió mucho a la niña que suspiró justo antes de desvanecerse. Al poco rato, Estrella comenzó a recobrar el conocimiento, y abrió los ojos lentamente, estaba en un lugar un poco tétrico, el cielo azul había desaparecido, no había más pasto verde, pero sí mucha tierra y raíces por todos lados, con su mano comenzó a sentir el lugar donde estaba recostada, y parecía como de madera, intentó incorporarse, pero su cabeza le dolía mucho, por lo que decidió quedarse recostada; de pronto, una voz se escuchó, "sssseñorita, ¿ya hasss dessspertado?, qué bueno, qué bueno, vaya aventura que ssssseguro tuvisssste, essssoo de andar bebiendo, no esssssta bien, y menossss para una niña de tu edad", la niña se sobaba la cabeza y apenas pudo ver a la criatura que le hablaba, "hola, ¿dónde estoy?", preguntó Estrella, "hola, esssstas en mi madriguera, yo sssssoy el sssseñor Topo, hace un rato esssscuché un fuerte ruido, asssí que corrí a la entrada de mi cassssa, y te vi ahí tirada en el pisssso, sssseguramente de tanto que tomaste te caisssste, y como no me dejabassss sssssalir, decidí meterte y te acossssté aquí para que sssse te passsse la borrachera, ¡niña loca!", dijo el Sr Topo, al tiempo que le pegaba a Estrella en la cabeza con una vara, "anda desssscansa un poco, te prepararé jugo de raízzzz, es muy bueno para la cruda", Estrella aún no lograba comprender bien que había pasado, por ahora, sólo quería que su cabeza dejara de parecer un globo a punto de explotar, y tratar de salir lo antes posible de donde fuera que estuviera.

Después de haber descansado un rato, Estrella hizo acopio de fuerza y se levantó de la cama, caminó por un par de túneles que salían de su habitación, el lugar era muy lúgubre, pero su desesperación por salir era demasiada, y esto no le importaba, Estrella recorrió el lugar, pero no lograba encontrar el modo de salir, todo estaba cubierto de raíces, tierra, y restos de vegetales tirados en el piso, de pronto, unos pasos pequeños delataron que el señor Topo se acercaba, Estrella intentó correr de vuelta a la habitación, pero fue demasiado tarde, el señor Topo ya se encontraba ahí, éste le dijo, "niña latossssa, ten, bebe el jugo de raízzzz, lo acabo de exprimir, esssstá buenísssimo, y te ayudará con tu cabezzzza", Estrella bebió el jugo y respondió, "señor Topo, no quiero ser descortés con usted, ya que me ha ayudado y me esta dando atenciones aquí en su refugio, sin embargo, y muy a mi pesar, debo continuar con mi viaje, en realidad no sé ni a donde ir, sólo sé que quiero salir lo más pronto posible de este lugar, no quiero que me vuelva a ocurrir lo de anoche, esa casa embrujada casi me mata, pienso en lo que pasó y me dan escalofríos",

"¿esssstuvisssste en la cassssa de madera?" preguntó el señor Topo, "así es", respondió Estrella, "y no pienso volver a ella, por lo que prefiero seguir mi camino antes de que oscurezca, así que, ¿si no le molesta?, por favor indíqueme dónde esta la salida", "no, no, no, no, niña, no me digassss que alguien te envió a dormir en esa cassssa, ¿no habrá ssssido…?", "un árbol del bosque que habla", interrumpió Estrella, "él me recomendó ese lugar para descansar, es un Roble que me ayudó, y es muy bueno, la verdad me pasé toda una noche platicando con él, ji, ji, ji". "¡Ay dioses del cielo!", gritó el señor Topo, "niña, ¿tienessss idea de con quién hassss platicado?, no debessss andar por ahí hablando con extrañossss, essss muy peligrosssso, esa casssssa a la que te mandó a desssscanssssar, alberga un poder demoniaco muy peligroso, el esssspíritu malo dc un ser diabólico controla esssse lugar, y todo aquel que entra bajo su propio gussssto, queda atrapado para toda la eternidad, no me explico cómo salisssste de ahí, claro, ssssi essss que estássss diciendo la verdad, yo tengo muchossss años viviendo aquí, a sssssólo unos metros de essssa cassssa y todo aquel que ha entrado, nunca mássss sssse le ha vuelto a ver, ¡como te atrevisssste niña loca!", dijo el señor Topo, al momento que le pegó en la cabeza a Estrella con su vara, "ay" gritó Estrella, "ya no me pegue más señor Topo, ¿qué no ve que mi cabeza va a explotar?", reclamó Estrella, "ya le dije que el Roble del bosque me dijo que ahí podía yo descansar, y pues ese árbol me protegió del Demonio Azul, cuando éste quiso hacerme daño, así que confié en él, yo dudo que Roble sepa de la maldición de esa casa, pero regresaré al bosque a informarle de todo lo que me pasó, para que ya no mande gente ahí, déjeme salir señor Topo, por favor, ya me ha ayudado bastante, ¡ahora indíqueme donde está la salida!", no, no, no, niña, no puedessss volver al bosque, ¿dices que encontrasssste al Demonio Azzzzul?, ¿dices que Roble te ayudó?, todo esto es muy confussso, pero tu vida corre peligro debessss marcharte de aquí, muy lejos, vuelve a tu cassssa", dijo el señor Topo y pensó, "nadie había podido ver al Demonio Azul, ¿qué es esto?, ¿qué está pasando?, ¿quién es ella?. Estrella preguntó, "¿por qué dice que mi vida corre peligro?, señor Topo, yo no le he hecho ningún mal a nadie, incluso yo tengo la firme decisión de ayudar al Demonio Azul", "¿qué?", preguntó el señor Topo, "¿estássss loca?, ¿tienesssss idea de a lo que te enfrentasssss?, "si", contestó muy segura Estrella, "ya sé que el Demonio Azul en algún momento fue un Mago muy bueno, y sacrificó algo valioso para devolver la vida a su amada, por lo tanto haciendo honor a su valor y bondad, yo buscaré la forma de ayudarle, para que vuelva a ser ese Mago bueno, ya con su magia devuelta, él logrará encontrar a su amada en las estrellas nuevamente, ¡sí, así será!", aseguró Estrella, "¡diosssseessss de la tierra!" exclamó el señor Topo, "¡ssssi que te volvisssste loca niña!, no sabessss ni lo que dicessss, tu creessssss ssssaber quién essss la gente buena y quién la mala, pues te ssssorprenderías al ver que tan equivocada esssstássss, perdóname por lo que esssstoy a punto de hacer, pero no te dejaré arriesgar tu vida, por algo que ni sssiquiera tienessss idea de lo que hablassss", dijo el señor Topo, al momento en el que agarró una raíz que estaba en la pared, y con todas sus fuerzas la exprimió, esto liberó un gas de color naranja, que rápidamente se dispersó por el aire, haciendo que Estrella no parara de toser, y poco a poco comenzó a perder el sentido, "coff, coff, señor Topo ¿qué ha hecho?, ¡no puedo respirar!, esto ya ha ido muy lej…..", Estrella cayó desmayada a los pies del señor Topo, y sólo alcanzó a escuchar, "perdóname niña essss por tu bien", todo quedó en oscuridad.

"Auch, auch, mi cabeza, ¿dónde estoy?, ¿señor Topo?"; Estrella poco a poco comenzó a abrir los ojos, sin embargo, no lograba identificar el lugar en el que se encontraba, con las palmas de sus manos trató de sentir el suelo, había pasto y hojas secas a su alrededor, sus pupilas comenzaban a enfocar, pero al parecer no había ningún objeto próximo, Estrella se incorporó lentamente, ya que su cabeza continuaba doliéndole y estaba muy mareada, se encontraba en medio de un pastizal gigante que parecía no tener fin, no había árboles, ni se veían las montañas, la noche estaba en su hora cero, y sólo la Luna alumbraba el lugar, "vaya, ¿pero qué ha pasado?, todo ha sido muy confuso y a la vez atemorizante", pensó Estrella, de pronto, la niña se percató, que una piedra estaba envuelta en un papel de cera, esto llamó su atención, e hizo que reaccionara rápidamente, Estrella se levantó, y tomó la piedra, desenvolviendo el papel, había un mensaje escrito en él, la niña se sentó nuevamente en el pasto, estaba muy desconcertada por todo lo sucedido, y se dispuso a leer el mensaje que decía:

"Niña atolondrada, lamento mucho lo que te ha sucedido, sin embargo tú no debes arriesgarte, eres especial de eso estoy seguro, creo saber de donde vienes, pero prefiero no arriesgarme, has movido energías en este lugar, algunas buenas y otras malas, tu presencia aquí ha causado que las aguas se revuelvan, y tomen otro curso, cosa que no pasaba en muchos, muchos años, mi sentido de responsabilidad me impide ayudarte en lo que pretendes hacer, y por supuesto tampoco te arriesgaré, así que te he llevado a un lugar muy lejano de donde no podrás regresar, sólo serás capaz de ir a tu casa, quizá no entenderás el por qué de mi actuar, sin embargo, así tu vida no peligrará, te he dejado jugo de raíz, recuerda que es muy bueno para tu dolor de cabeza y mareo, bébelo y sé que pronto te sentirás mejor, el lugar es grande y solitario, pero si eres quien yo creo, encontrarás el modo de regresar a casa, ¡yo sé que sola no estás!, tu corazón ahora es bueno, ya que se purificó en algún momento, quizá es por eso que tienes ese impulso de ayudar a los demás, continúa tu existencia como la conoces, ¡créeme que eso nos ayudará más!

Sr. Topo

Tu amigo el Señor Topo."

Estrella dejó caer la carta, y se quedó mirando al horizonte fijamente, su mente trataba de comprender todo, y recordaba el día que llegó y miró al Demonio Azul, las palabras de Roble, la fogata, el Barquero, la Casa de Madera, al señor Topo, en su mente, la niña estaba tratando de hacer que todo fuera coherente, "¿qué haré?", pensaba Estrella, ¿habrá sido todo un sueño?, ¿dejo todo atrás y simplemente busco cómo regresar a casa?, Estrella se quitó la capa que cubría su espalda, tirándola al piso y dejando salir su luz, ahora se podía ver todo el lugar, sin embargo, no había más que pasto seco y neblina, la noche transcurría sin ofrecer respuestas, y a las preguntas que Estrella tenía en su alma y mente continuaban, así mismo las cosas que recordaba la confundían cada vez más, triste y cansada, la niña miraba al horizonte, pensando que sus ilusiones y deseos estaban muy lejos de ser cumplidos.

Capitulo 7

Volviendo a Casa

El camino diario está lleno de aventuras,
obstáculos que vencer, y metas que lograr,
pero siempre al finalizar el día,
nos llevarán de vuelta al hogar.

Sin alguna motivación Estrella comenzó a caminar, no existía ningún rumbo, camino o lugar al cual dirigirse, todo era simplemente soledad, por más que ella caminaba no lograba encontrar absolutamente nada, y las palabras en su mente revoloteaban como cuervos agitando sus alas, rendida, Estrella rompió en llanto al tiempo que sus rodillas se doblaron y la obligaron a tirarse al suelo, "alguien ayúdeme, ¡por favor!, ¡no puedo más!", las lágrimas que caían al suelo, se cristalizaban de inmediato, convirtiéndose en pequeños copos de nieve, de pronto una de ellas continuó su camino a través del suelo, hasta llegar a los pies de una hermosa dama de blanco, su piel tan tersa y limpia hacía que cualquier tela fina pareciera basura, la figura miraba fijamente a Estrella, y de pronto una voz cálida se escuchó, "mi niña hermosa, ven, ya no llores, no estás sola", Estrella reconoció inmediatamente la voz y levantó la mirada, "¡Luna!", gritó Estrella, al momento que se levantó y corrió a sus brazos, las lágrimas que antes la ahogaban en pena ahora aliviaban su alma y la llenaban de felicidad, "¡Luna, Luna!, gracias al Universo que estás aquí, no sabes por todo lo que he pasado", lloraba Estrella, Luna abrazaba a Estrella y la tranquilizaba con sus manos, "ya, ya, todo está bien" exclamaba Luna , "ven siéntate en mis piernas y cuéntame,

¿por qué estás tan afligida?”, Estrella secó sus lágrimas y comenzó su relato, …."y llegué a la tierra, y miré criaturas"...., Luna escuchaba con atención el relato de Estrella, cada detalle era importante, y con cada palabra que la niña hablaba, la tranquilidad regresaba, ..."y desperté en este lugar adolorida, y muy, muy, triste….", "¡parece que has vivido una gran aventura!" comentó Luna, “¿aventura?, ¡es una tragedia!”, exclamó Estrella, “te digo que incluso casi muero, ¿cómo puede ser una aventura?”, "bueno en realidad yo lo veo como una gran aventura, llena de cosas mágicas e intrépidas, hay mucha acción en lo que te pasó, claro que los momentos difíciles seguramente te pudieron dar miedo, sin embargo, estoy segura que ahora, puedes ver las cosas en retrospectiva, y descubrirás que no fueron tan malas, ja, ja, ja, yo imagino como saliste volando, de la casa mágica que me platicas, y debió haber sido muy cómico ja, ja, ja”, “¿cómico?, ¿cómico?, “¡oye, salí volando, y caí al suelo como trapo!” , “mmmm ja, ja, ja, como trapo, ja, ja, ja, ja, ja, tienes razón Luna, se debió haber visto muy cómico", rió Estrella, las dos muy contentas se carcajeaban, mientras la niña buscaba en su mente más momentos, todos los que pudieran haber sido cómicos durante su aventura, por el momento la tristeza se había dispersado, y la ocasión era única, donde Luna y Estrella disfrutaban como si no existiera el mañana.

“Ja, ja, ja, no puedo creer tantas cosas que he pasado en estos últimos días, parecen aventuras como de un cuento de hadas”, comentó Estrella, “oye, ¿dónde estamos?”, el lugar había cambiado por completo, no había más blanco, todo era azul celeste, "¡estamos en casa!", gritó Estrella, al tiempo que corría y saltaba feliz por todo el lugar, "bienvenida de nuevo", le dijo Luna, "¡estamos en casa, estamos en casa!", "oye, ¿pero qué pasará con el Mago?, y, ¿qué será de mi promesa de ayudarlo?", la alegría de Estrella parecía disminuir, y el vacío de la incertidumbre comenzó a hacer mella en su interior, "el Mago ya no existe, ahora es un Demonio azul, ¿recuerdas?", dijo Luna, "¡si!, pero yo lo prometí, me lo prometí a mi misma, y debo cumplir, debo regresar y buscar la manera de ayudarle, aunque, ahora recuerdo que el señor Topo me dijo muchas cosas sin sentido, cosas que no logro asimilar del todo, veamos, ¿qué fue lo que me dijo?", Estrella se sentó sobre una nube a tratar de recordar las palabras del señor Topo, "¡la carta!, eso es, ¿dónde está?, quizá en mis bolsillos, no, no está ahí, ¿dónde la dejé?, usa tu cabeza Estrella, dónde la dejaste, ¡noooo!, ahora que recuerdo la tiré cuando me encontraba desolada, vamos Estrella, tienes que recordar algo de lo que leíste en esa carta, vamos, ¡vamos!".

....tu presencia aquí ha causado que las aguas se revuelvan, y tomen otro curso....

Sí, ¡eso es!, algo de mi presencia en ese lugar, y que había movido energías, "Luna, ¡Luna!, dónde estás, necesito que me digas algo", Estrella corrió hasta donde estaba Luna, "si mi niña, ¿dime qué sucede?", preguntó Luna, "cuando me encontraba yo en la tierra, conocí el lugar donde habita el Demonio Azul, al parecer moví energías, y mi presencia alteró algunas cosas, o por lo menos eso es lo que me dijo el señor Topo, y ahora tengo más preguntas que respuestas, y necesito que me ayudes, ¿cómo puedo yo tener la capacidad de mover energías?, se supone que yo no soy un ser mágico, soy una simple Estrella, entiendo que puedo controlar la luz y el calor, pero de eso, a que yo pueda influenciar en seres vivos es muy diferente, por cierto, no puedo recordar mucho de mi infancia, ¡no sé ni siquiera como nací!, vaya, todo esto me esta revolviendo la cabeza, ahora tengo más incógnitas que antes, ¿me ayudas por favor?", "ji, ji, ji", reía Luna, "¡no te rías!", interrumpió Estrella, "te estoy preguntando en serio", "calma niña, relájate, te haces demasiadas preguntas, y no piensas en como responderlas una por una, la vida es como un rompecabezas, y uno debe de ir armándolo pieza por pieza, por supuesto que uno tiene la idea general, imaginamos como se verá al final ya armado, pero cada pieza es importante y diferente, si por alguna situación nos falta una, no podremos completarlo, así que relájate, y vamos pensando cómo te podemos ayudar, para que puedas armar el rompecabezas de tu vida, ¿estás de acuerdo?" preguntó Luna, "¡zas!", estoy de acuerdo".

"Mira Estrella, yo alumbro el firmamento durante las noches, y descanso durante el día, mi existencia quizá podría no afectar a nadie, sin embargo si yo no estuviera durante las noches, las mareas no tendrían vida, los animales nocturnos no tendrían luz para poder alimentarse, el lobo no tendría a quién aullarle, los búhos no cantarían ni velarían el sueño de las marmotas, todos tenemos un propósito, y todos influenciamos de alguna manera a todo lo que hay a nuestro alrededor, a veces de manera positiva y a veces de manera negativa", "¿negativa?", preguntó Estrella, "tú nunca podrías influenciar negativamente a nada Luna, ¡tú eres perfecta!", "ja, ja, ja, nadie es perfecto Estrella", respondió Luna, "existe una criatura llamada humano, dicen que se vuelve loco con mi presencia, y los llaman o apodan lunáticos, quizá a alguno de ellos mi presencia les afecta de manera negativa, eso es lo que cuentan, aquí lo importante es saber que cualquier cosa que uno haga, afecta de algún modo nuestro entorno, también las acciones que podamos haber hecho en el pasado, afectan el presente de los seres vivos, tendríamos que viajar en el tiempo a tu pasado, para averiguar si hay algo que hayas hecho, que afecte en el presente a esos seres que conociste", "pero, ¡yo no recuerdo nada de mi pasado!, Luna, ¿cómo es que yo nací?", preguntó Estrella, "cada noche hay un nuevo nacimiento de estrellas, a veces son millones juntas, como una explosión de alegría multicolor, el cielo es como una fiesta, y de pronto se siente la paz, todo se ilumina, y el firmamento es hermoso, la mayoría de las veces, sabemos anticipadamente que nacerán las estrellas, pero en ocasiones muy especiales sólo una o dos estrellas nacen sin que nadie sepa, no estamos seguros de donde vienen o por qué aparecen, los sabios del norte de la galaxia, mencionan que sólo el amor más puro puede llevar acabo ese milagro, y hacer que una sola estrella nazca, sin embargo, esto no se ha podido comprobar, así que, simplemente de repente ahí están, una noche yo desperté y te vi a lo lejos, eras hermosa, con una luz brillante, blanca y pacifica, parecía que desprendías pequeños copos de algodón, que se perdían en el horizonte, eras una bebé Estrella, recién nacida, ahí solita, brillando con tu luz propia, me acerqué y te abracé, acariciando tu cabello, recuerdo que te canté una canción, hasta que te quedaste dormida en mis brazos".

"En realidad desconozco de dónde llegaste, simplemente pienso que fuiste como un milagro que llegó de otro mundo, o quizá los sabios tienen razón y el amor puro te trajo hasta aquí", "no puedo ser un milagro o una cosa que apareció por arte de magia", dijo Estrella, "creo que de algún modo hay algo más, que sólo esto que me cuentas Luna", "quizá puedes tener razón pequeña", respondió Luna, "tal vez debes buscar tu camino, entender de dónde vienes, y qué es lo que haces aquí, en realidad ese es el sentido de la vida, ¿te puedo ayudar en algo más?", preguntó Luna, "mmm bueno recuerdo que el señor Topo, me dijo que nadie antes había podido ver al Demonio Azul, sin embargo yo estuve con él, y estoy segura que él fue, quién me ayudo a salir de la casa maléfica, de algún modo lo sé, pude ver su cola cuando la figura entró a la casa, y me arrojó hacia afuera, sé que él me ayudó, ¡casi muero ahí dentro!, pero aún no entiendo, ¿por qué hizo esto?, ¿no se supone que es malo?", se preguntaba Estrella, Luna comentó, "efectivamente existen criaturas malas y sin corazón, sin embargo, presiento que éste ser que conociste, será fundamental en tu vida y existencia, o de algún modo lo ha sido desde hace tiempo, quizá es momento que regreses a ese lugar, y busques las respuestas a tus preguntas, pero eso será el día de mañana, por que ahora es momento de ir a descansar, el señor Sol ya esta saliendo, y debemos ir a dormir". Luna llevó a Estrella para que se recostara en una nube blanca, muy pachona, parecía estar hecha de algodón, inmediatamente Estrella comenzó a sentir el cansancio en sus ojos, los cuales empezaban a cerrarse, Luna entonó una canción de cuna, y con ella arrullaba a Estrella, alentándola a dirigirse al mundo de los sueños, la niña se durmió profundamente, y Luna al darle un beso en la mejilla susurró, "es tiempo mi niña, te encontrarás con tu pasado y no volverás a ser la misma, esta noche cuidaré tu sueño, y al despertar enfrentarás tus miedos, y sé que los superarás, siempre contarás con la inteligencia y el valor de un ser divino, ¡descansa niña hermosa!".

El tiempo transcurrió y Estrella abrió los ojos, las nubes habían desaparecido, la niña se encontraba en un paraje lejano, y podía escuchar el agua de un río que corría a lo lejos, rápidamente Estrella se levantó, no sabiendo donde se encontraba, mágicamente había regresado, se encontraba de nuevo en el lugar, aquel en el que había visto por primera vez al Demonio Azul, la noche era joven y las criaturas comenzaban a salir, el brillo de Estrella era tal, que de inmediato corrió a buscar el modo de cubrirse, no quería llamar mucho la atención, ella sabía que si debía buscar respuestas a sus preguntas, tendría que pasar desapercibida, seguramente, el rumor de que alguien había sido capaz de ver al Demonio Azul, se habría esparcido por el lugar, y no le convenía que la reconocieran, Estrella corrió hacia el río y encontró restos de hojas y musgo, con los que rápidamente cubrió su brillo, haciendo que su ropa blanca se ensuciara y quedara del color de la maleza, sus pies descalzos tocaron el agua fría del río, y por primera vez se sintió más viva que nunca, "¡hermoso!", exclamó Estrella, "qué delicia sentir el agua clara en mis pies, nunca antes había podido hacer esto, este lugar es maravilloso, creo que mientras investigo y obtengo pistas de mis orígenes, podré llevar recuerdos para después contarle a Luna sobre mis aventuras, y aprovecharé también para buscar la manera de ayudar al Demonio Azul, quizá no volverá a ser un Mago nunca más, pero si encuentro algún modo de saber el paradero de su amada, tal vez su corazón vuelva a latir, o deje de ser malo, yo tengo fe en que podré ayudarle, así que, ¡aquí voy!, lo primero será, buscar al señor Topo", pensó Estrella, al momento en que decidida a cambiar las cosas, caminó hacia el sendero que la llevaría a una nueva aventura, con la esperanza de que todo cambiaría y ella entendería, el por qué de las palabras del Señor Topo.

Capitulo 8

Entendiendo al Mundo.

El mundo siempre abre sus brazos,
para todo aquel que lo quiera conocer.
Pero mejor aún, este entrega su sabiduría,
a todo aquel que lo ansíe comprender.

Estrella comenzó a recorrer el lugar, su nuevo disfraz hacía que pasara desapercibida, sin embargo, algunas criaturas se mostraban nerviosas, ¿quién era aquella desconocida que caminaba por los senderos?, se preguntaban las criaturas. La Ardilla le comentó al saltamontes, "mi querido amigo, ¿ya vio usted a esa mujer?, ¡qué harapos!, cómo puede alguien andar vestido así, ¡mire!, va, caminando por la vida como si nada le importara, "estoy de acuerdo con usted" respondió el saltamontes, "qué desfachatez, estos jóvenes de ahora, no tienen ni la más mínima idea de lo que es el vestir bien, con sus nuevas modas parecen vagabundos, ¡qué horror!", cerca de un árbol la luciérnaga le comentó a la oruga, "mire usted, ¡qué asco!, esa cosa apesta a hojas podridas", la oruga respondió, "discúlpeme señor Luciérnaga, pero estoy tan ocupado comiendo, que no sé ni de lo que me está hablando", "cómo es posible que no huela usted ese aroma nauseabundo, si usted es experto en hojas señor Oruga, ¿qué no es así?", "sí, por supuesto", respondió la Oruga, "la cuestión es que pronto me transformaré, y debo de comer lo más que pueda , así que no quiero ser grosero, pero no tengo tiempo para chismes", "osh", exclamó Luciérnaga molesto, "eso me gano por juntarme con personas que no son de alcurnia como yo, por eso usted no brilla, ¡raspa!, con permiso". Por todo el lugar se escuchaba el cuchicheo de las criaturas que observaban a Estrella caminar, ella sin embargo, estaba contenta, pues su disfraz había ocultado por completo su identidad, por el momento nadie sospecharía de ella, de pronto, Estrella llegó a una vereda que se dividía en dos caminos, no existía ningún señalamiento de a donde se dirigían, por lo que debía tomar una decisión, ¿izquierda?, o ¿derecha?, decidió tomar el camino de la derecha pero a los pocos pasos se arrepintió, por lo que volvió al inicio de ambos caminos, Estrella se quedó pensando, en realidad no sabía que camino tomar, repentinamente una voz se escuchó, "¿qué pasa?, ¿no sabes a dónde ir?, ¿no sabes cuál es tu camino?", la voz sonaba como de alguien que vivía en el campo, con ese tono clásico de aquél que entona una canción, "¿quién habló?", preguntó Estrella, "¿quién esta ahí?, identifíquese por favor", un aleteo retumbó, haciendo que el pasto se sacudiera, y levantando tanto polvo, que rápidamente cubrió el lugar, una silueta apareció frente a Estrella, que sin pensarlo, había cubierto sus ojos para evitar que la tierra entrara en ellos, "¿hola?", {parece un ave}, pensó Estrella, "¿es usted un albatros?", "no, que albatros voy a ser yo, soy el señor Zopilote, y te he estado observando, ¿sabes?, allá atrás te veías muy segura de hacia donde te dirigías, pero al llegar aquí dudaste y por eso me he acercado, ji, ji, ji," comentó Zopilote "pa mi que no sabes ni a donde vas pues", " ji, ji, ji, bueno si sé, lo que pasa es que me desorienté un poco", respondió Estrella, "voy en camino a la casa del señor Topo, ¿usted lo conoce?", "claro" asintió

Zopilote, “ese pilluelo se me ha escapado un par de veces, pero algún día lo voy a agarrar”, “¿cómo dice?” preguntó Estrella , “no, nada, nada , sólo que he invitado a ese señor Topo a cenar en un par de ocasiones, y siempre se me pela el condenáo”, bueno y tú escuincla, ¿para qué vas a ver al ese tal señor Topo?”, “ah, lo que pasa es que él es amigo mío, y voy a verlo por que me debe un par de explicaciones, la última vez que nos vimos no terminamos muy bien, así que decidí ir a buscarlo, para tener una conversación muy seria con él”, dijo Estrella, “pues no entiendo muy bien de lo que estás hablando chamaca, pero si se trata de ir a buscar a un roedor, creo que con mucho gusto, ji, ji, ji, yo te puedo ayudar”, “¡excelente!”, exclamó Estrella, “vamos dígame entonces, ¿qué camino tomamos?”, “híjole, ahí si va a estar difícil , mi fuerte está en las alturas, ¿me comprendes?, de cosas de caminos yo no sé nada”, comentó Zopilote, Estrella se quedo pensando, {creo que este tal Zopilote, no es muy inteligente que digamos}, “¡ya sé!”, exclamó Estrella, usted vaya volando primero por el camino de la derecha, y vea hasta donde llega, luego regrese, y vuele por el camino de la izquierda, también para ver a donde llega, luego vuelva aquí, yo lo esperaré, estoy segura que con sus enormes alas, y su magnífica habilidad para el vuelo, no tardará mucho, y así podremos saber cuál es la mejor opción, ¿qué le parece mi idea?”, preguntó Estrella, “pues no sé, eso de andar volando por todos lados, ¿sin saber ni qué?, como que no me convence mucho”, comentó Zopilote, al tiempo que se rascaba su cabeza calva, “vamos señor Zopilote, que digo señor, “rey de los cielos Zopilote”, usted es el único, el grande, el héroe que me ayudará a encontrar el camino, sé que puedo confiar en sus maravillosas habilidades y técnicas de vuelo, vamos no sea tímido, ¡gran señor del cielo!"; las palabras de Estrella hicieron mella en la vanidad de Zopilote, él cual, no dudó mucho en emprender el vuelo, "está bien Chamaca, sólo por que tú me lo pides iré a explorar, mientras tanto, tu no te muevas de aquí", Zopilote voló muy alto y pensó, "ji, ji, ji, en cuanto encuentre a ese tal señor Topo…".

Estrella se quedó esperando el regreso de Zopilote, sin embargo, rápidamente una criatura se acercó a Estrella y le dijo. "¡señorita, corra!, esta es su oportunidad" la voz provenía de un saltamontes, que rápidamente brincó de entre la maleza, Estrella se sorprendió de las palabras que provenían de la criatura, y se apresuró a preguntar, "¿por qué debo de salir corriendo?, ¿qué sucede?", "¡el Zopilote!, es malo, el tratará de engañarla para llegar a su amigo el señor Topo", "¿pero por qué?", preguntó Estrella, "el Zopilote ha tratado de comerse al señor Topo por varios años, y nunca ha podido atraparlo, pero ahora que sabe que saldrá de su madriguera, para encontrarse con usted, ¡aprovechará la oportunidad y lo matará!", exclamó asustado el Saltamontes, "así que corra ahora que él no está, siga el sendero de la izquierda, y al llegar a la enredadera de la planta carnívora, encontrará una pequeña entrada de una cueva, vaya por ahí y continúe hasta que llegue a la casa del señor Topo, pero tenga cuidado, la planta carnívora tratará de devorarla, ahora me esconderé, no quiero que ese

Zopilote regrese y sepa que yo me metí en sus asuntos, hasta luego", de un brinco desapareció el Saltamontes, Estrella no perdió tiempo y corrió por el sendero de la izquierda, en ese momento, ella sentía mucho miedo, la adrenalina le hacía correr a gran velocidad, imaginaba que el Zopilote al regresar se enojaría mucho, seguramente se sentiría engañado, y trataría de lastimarla con sus enormes garras, imaginaba que una vez que ella muriera, y su cuerpo estuviera en estado de descomposición, ¡se la comería!, era horrible, todos estos pensamientos inundaban su mente, mientras aceleraba la marcha, la hierba se hacía cada vez más densa, la luz del sol casi no lograba penetrar las enormes hojas, Estrella sabía que se estaba acercando al lugar que le había mencionado el Saltamontes, ahora debía tener mucho cuidado, en cualquier momento la planta carnívora podría aparecer, Estrella aminoró el paso, su respiración era muy agitada y necesitaba un descanso, se detuvo, y las manos en sus rodillas apoyó, tratando de recuperar el aliento. Alguien la observaba, Estrella sintió un escalofrío que recorrió su espina dorsal, su piel se erizó, al momento que algo tocó su hombro, Estrella volteó rápidamente, y no había nada, únicamente el murmullo del viento que acariciaba las hojas secas tiradas en el suelo, el corazón de Estrella comenzó a latir rápidamente, algo en ella le decía, ¡corre!, sin embargo, sus piernas no le respondían, aún estaban agotadas por la fuerte caminata, en ese momento sintió una respiración encima de ella, y cuando volteó hacia arriba, ¡ahí estaba!, una enorme planta carnívora de hojas color púrpura, sus gigantes dientes salivaban, y escurrían una especie de baba por todo su cuerpo, "mmm delicioso, ¿qué tenemos por aquí?", dijo la planta, "nunca había visto un ser tan raro en estos lugares", una enorme raíz tomó una de las piernas de Estrella, sujetándola fuertemente, y levantándola del suelo rápidamente, Estrella quedó boca arriba, la planta acercaba a Estrella a sus fauces, y unos pistilos que salían de la parte de atrás de su cabeza parecían olerla, "mmm qué aroma tan exquisito, ¿qué eres?, ¡dime!", con voz temblorosa pero segura, Estrella dijo, "soy una niña del cielo, y estoy buscando la cueva de mi amigo el señor Topo, y sé que está muy cerca de aquí, dígame, ¿usted sabe dónde se encuentra la entrada a la cueva?", "ja, ja, ja, la cueva, ¡esa cueva que todos vienen buscando!, todos preguntan, ¿dónde está la entrada a la cueva?, el problema es que nadie la ha encontrado, ¿por qué será?", mencionó la planta, al momento que movía a Estrella por el aire, como si fuera un péndulo, la lengua de la planta apenas rozaba el cabello de Estrella, y la planta realmente se la saboreaba, "ah si, ya recuerdo, es que, ¡me los he comido a todos!, ja, ja, ja, ja, y por cierto, han estado deliciosos, sólo hubo uno que me dejó un mal sabor de boca, sabía como a humano, ¡qué asco!, dime niña del cielo, ¿tú eres humana?", Estrella pensó rápidamente, {si le dio asco el humano quizá tenga un modo de salvarme}, "¡sí soy humana!", gritó Estrella, "¡aghhh, qué asco!" replicó la planta, al momento que sin querer soltó a Estrella, ésta, al caer al piso, rápidamente corrió detrás de un árbol para tratar de esconderse, la planta comenzó a buscarla, "¿dónde te has metido?, ven acá, no te dejaré ir tan fácilmente", gritó molesta la planta, el estruendo que hacía al moverse era tal, que Estrella tuvo que taparse los oídos, mientras cerraba los ojos, aun así, alcanzaba a escuchar a la planta gritar enojada, "¡no puedes esconderte!, mis raíces te sienten, estás muy cerca ja, ja, ja", Estrella abrió los ojos y miró que el Saltamontes que la había ayudado previamente, estaba ahí en una pequeña hoja, sus labios se movían y le decía algo, pero ella continuaba tapando sus oídos, de pronto, Estrella puso atención a los labios de Saltamontes, y entendió lo que este le decía, ¡corre detrás de ella!, ¡corre!, Estrella supo que sólo tendría una oportunidad, pero no imaginaba lo que más adelante sucedería.

La planta estaba justo detrás del árbol, donde se había escondido Estrella, y en el preciso momento en el que iba a descubrirla, el Saltamontes brincó frente a la planta, "¡un Saltamontes!", gritó asombrada la planta", "qué delicia, el humano puede esperar", el Saltamontes continuó brincando lo más rápido que podía, haciendo que la planta lo siguiera, y se alejara de Estrella, creando un espacio entre el cuerpo de La Planta y la entrada de la cueva, Estrella se percató de esto y salió rápidamente de su escondite, todo parecía suceder en cámara lenta, Estrella corría hacia la cueva, el saltamontes corría por su vida, y la planta corría por su comida, justo antes de llegar a la entrada de la cueva, Estrella miró al saltamontes, que volteaba tratando de asegurarse que Estrella lograra su cometido, y cuando sus miradas se encontraron, Saltamontes murmuró "adiós".

Capitulo 9

Buscando Respuestas.

La oscuridad no siempre es tenebrosa,
al cerrar los ojos nos encontramos con ella,
es incomprensible, pero al igual que toda doncella
si sabemos amarla, nos dará una paz Majestuosa.

Los pasos apresurados de Estrella retumbaban por toda la cueva, la luz de la entrada ahora no era más, que un punto blanco en la inmensidad de la oscuridad, las lágrimas caían al suelo de manera tal, que semejaba la lluvia en un temporal, con vientos fuertes que azotan la tierra, Estrella no podría creer lo que recién había sucedido, alguien totalmente desconocido, había sacrificado su vida por ella, por una causa desconocida, sin un motivo, sin una razón. Estrella cada vez más cansada aminoró el paso, hasta que paró, y sus piernas que no aguantaban más, la obligaron a caer rendida en el piso, sus manos se hundieron en el lodo de la caverna, apretándolo con un sentimiento de dolor, que nunca antes ella había experimentado, se tiró completamente al piso quedando boca arriba, la niña del cielo (como ella se había autonombrado) estaba afligida, pero el tiempo es sabio y lo cura todo, poco a poco sus ojos se fueron acostumbrando a la oscuridad, las cosas que la rodeaban comenzaron a hacerse visibles, unos pequeños destellos de luz se vislumbraban a la distancia, quizá eran cristales preciosos, quizá eran minerales, o luciérnagas, la mente de Estrella se tranquilizaba, un leve sonido de agua se escuchaba a lo lejos, seguramente había un riachuelo subterráneo que recorría la caverna, este quizá, llevaba minerales y pequeños peces a los grandes nacimientos de agua en el exterior, Estrella, agradeció con su mente y alma el sacrificio del cual había sido testigo minutos atrás, y prometió que en algún momento de su vida, ella haría algo igual por alguien más. Pasaron algunos minutos y Estrella se sentía reconfortada, quizá era la oscuridad que la cobijaba, quizá era esa energía de paz que el lugar emanaba, la niña no sabía qué era, pero su mente se encontraba en calma, por lo que decidió continuar su trayecto, Estrella se levantó y caminó lentamente, apoyándose en las paredes frías de la cueva, parecía ser que había un corredor largo, pero el techo cada vez era más bajo, llegando al punto en que Estrella tuvo que gatear, de pronto, Estrella se encontró con una puerta de madera, tenía un cerrojo enorme de metal oxidado, y una aldaba con forma de cabeza de dragón, Estrella sin pensarlo la utilizó para golpear la puerta.

Pum, pum, pum, el sonido recorrió la caverna, hasta desaparecer a la distancia, pum, pum, pum, nuevamente Estrella llamó a la puerta, al correr de algunos minutos, unos pasos se escucharon, acercándose sigilosamente desde el otro lado de la puerta, "¿quién esssssss?", era el señor Topo, Estrella gritó desesperada, "señor Topo, señor Topo ábrame, soy yo, Estrella, la niña que rescató de la casa de madera, ¿me recuerda?, ábrame por favor señor Topo, estoy empapada y hace mucho frío", el cerrojo de la puerta comenzó a moverse, y un fuerte rechinido se escuchó, la puerta se abrió, y ahí estaba frente a ella el señor Topo, esta vez, traía un casco de minero, con una luz en la frente que deslumbraba a Estrella, “niña loca, niña loca, ¿pero qué hacesssss aquí?”, preguntó Topo, al momento que la abrazaba, Estrella lloraba pero esta vez de felicidad, pues por fin había encontrado a su amigo, “vamossss, vamossss, hay que cerrar pronto e ir a la cassssa, te prepararé un té de raízzzz caliente, y podrásssss asssssearte y desssssscanssssar, quién sssssabe desssssde donde vienessssss”, Topo cerró la puerta nuevamente, se aseguró que quedara bien atrancada, y llevó a Estrella hasta su casa, la sentó en la misma cama en la que había estado antes, y le proporcionó ropa seca y limpia, “anda niña atolondrada, báñate y sssécate, esssta ropa no essss algo que tu ussssas, pero te ayudará a sentirte cómoda, mientrassss prepararé el té”, dijo Topo. Una vez que Estrella estuvo lista, acudió al comedor, donde el señor Topo ya había dejado la taza de té calientito, un aroma exquisito recorría el aire, así mismo, en un plato de barro, había una pieza de pan de avena con mantequilla, y mermelada de moras silvestres, al fondo en la chimenea, brillaba un fuego perfecto, éste, proporcionaba calor, y creaba en el lugar un ambiente perfecto de comodidad, donde la armonía, paz y tranquilidad reinaban, Estrella se sentía como en casa, “qué hermoso lugar tiene usted aquí señor Topo, no lo recuerdo tan bello, la última vez que estuve aquí fue diferente, creo yo, gracias por recibirme, no sabe lo que he tenido que pasar para encontrarlo, pero ahora que recuerdo, ¡usted me echó a la calle!”, comentó algo molesta Estrella, “si, ahora que recuerdo, usted me abandonó en un paraje desolado, eso no fue muy cortés de su parte señor Topo”, “pero llegassste a cassssa, ¿qué no?”, preguntó Topo, "si, pero...", "nada de perossssss", interrumpió Topo, "anda, toma tu té, que sssse hace tarde, debesssss desssscanssssar, lasssss ressssspuesssstassss llegarán ssssolassss", Estrella continuó bebiendo su té y comiendo el delicioso pan, al tiempo que le contaba al señor Topo sus últimas aventuras, Topo la escuchaba atentamente y le servía más té y pan, sabiendo que con esto, Estrella recuperaría sus fuerzas, "vamossss, vamossss a dormir, mañana es un largo día y hay que madrugar", dijo Topo, "¿madrugar?", preguntó Estrella, "¿por qué vamos a madrugar?", "no te preocupesssss por ello, mañana sssssera un día nuevo, ¡vamos!, termina tus alimentos y a dormir, yo mientras lavaré los platos. Estrella tenía la habilidad de poder conciliar el sueño inmediatamente, y a voluntad, parecía que podía quedarse dormida en cualquier sitio, y no importando la situación, el señor Topo cargó a la niña, que había caído rendida en la mesa, la llevó a la habitación de visitas, y la arropó con una cobija muy calientita, Topo salió lentamente de la habitación, cerrando la puerta con mucha delicadeza y miró a la niña del cielo, deseándole buenas noches y un pacífico descanso.

La mañana siguiente, muy temprano el señor Topo despertó a Estrella , "vamossss niña levántate, esssss hora" dijo el señor Topo, Estrella estaba muy adormilada, "¿pero qué hora es?, si casi no hemos dormido, ¿por qué tanta prisa señor Topo?", preguntó Estrella, el señor Topo únicamente se enfocó a apurar a Estrella, para que se levantara de la cama, se bañara, y fuera a desayunar, en la mesa se encontraba una enorme taza de café, y una pieza de pan de nuez recién salida del horno, el aroma era exquisito, en todo el lugar se podía oler y se antojaba comerlo, el señor Topo, dadas las condiciones en las que vivía bajo tierra, pocas veces salía al exterior, al hacerlo, obtenía todos sus recursos para siempre mantener llena su bodega de víveres, así que él mismo preparaba su propia comida, su pan, su café, sus ensaladas, evitando al máximo exponerse a los depredadores, únicamente abandonaba su madriguera, cuando era extremadamente necesario, la seguridad era muy importante. Cada noche, el señor Topo recorría los túneles que se encontraban rodeando su propiedad, para verificar que no hubiera intrusos, se encargaba de cerrar con llave todas las puertas, y al regresar a su casa, bebía una enorme taza de café, para después ir a dormir. Los Topos son unas criaturas maravillosas, que utilizan sus sentidos para moverse con facilidad en la oscuridad, cualquier ruido inmediatamente los pone alertas, y siempre están en espera de alguna eventualidad, sin embargo el señor Topo, siempre prefería anticiparse a cualquier cosa, y con ello lograba tener tranquilidad la mayor parte del tiempo.

Estrella se levantó, se baño, se puso la ropa limpia que Topo le había dejado en una silla, y encima su ropa cubierta por musgo, esto seguiría evitando que la niña brillara, y su disfraz continuaría siendo eficaz, pero, sin sentirse sucia en todo momento, una vez hecho esto, la niña fue al comedor, para probar el rico desayuno, que el señor Topo le había preparado.

"Anda niña termina tu pan y vamonosssss". comentó el señor Topo, "el camino es largo y nos tomará todo el día recorrerlo", "¿pero a dónde vamos?" preguntó Estrella, "voy a llevarte al passsstizal del viento, para que puedasssss regressssssar a tu casssssa, pero debemos llegar antes del anochecer", "¡no!", gritó la niña, al momento que tiró el pan, y se levantó estrepitosamente de la mesa, "¿por qué quiere llevarme ahí señor Topo?, yo he recorrido una distancia enorme desde mi hogar para buscarlo, necesito que me de una explicación, la última vez que nos vimos, usted me durmió con una especie de gas, y me abandonó en ese lugar desolado, no tengo idea de porqué lo hizo, y la carta que usted me dejó, sólo me creó más dudas, usted dice que soy especial, que moví energías en este lugar, que mi vida peligra, y no se cuántas cosas más, me ha costado mucho trabajo recordar sus palabras escritas en el papel, pero me he enfocado en ello, y necesito que me explique todas esas cosas, así que no vamos a ir a ningún lugar, hasta que yo obtenga las respuestas que he venido a buscar", "¡pero tú no entiendessss!", gritó el señor Topo, Estrella se acercaba amenazadoramente al señor Topo, estaba decidida a obtener las respuestas que buscaba, y de pronto, el señor Topo salió corriendo hacia la habitación contigua, éste buscaba accionar la raíz, que dispersaba el gas adormecedor por todo el lugar, Estrella se dio cuenta de esto y corrió tras el señor Topo, "ah no, ¡esta vez no me engañará!", gritó Estrella, al momento que se quitó la ropa cubierta de musgo, dejando salir todo su brillo, el resplandor era tal, que aun cuando el señor Topo era prácticamente ciego, quedó paralizado por un momento, no pudiendo llegar hasta la raíz del gas, Estrella aprovechó la oportunidad y llegó antes que Topo hasta la raíz, evitando así su propio infortunio, "mis ojossss", gritaba el señor Topo y los tallaba, como si algo hubiera entrado en ellos, "¡essssa luz!, ¡esssa luz!, apágala, ¡apágala!", "¡no!", gritó Estrella molesta, "hasta que me prometa, que no va a hacerme volver de ningún modo a ese paraje solitario, me debe usted respuestas señor Topo, prometa que las obtendré y entonces apagaré la luz", la niña sabía que la luz lastimaba de sobremanera los ojos del señor Topo, pero definitivamente estaba decidida a entender, por que actuaba así su anfitrión, "lo prometo, ¡lo prometo!" gritó el Topo, "apágala, por favor apágala", suplicaba el desafortunado roedor con sus ojos llenos de lágrimas, estaban realmente lastimados, y este los frotaba tratando de aliviar un poco el dolor, Estrella volvió a ponerse encima su ropa sucia y llena de musgo, así poco a poco la luz resplandeciente fue disminuyendo, hasta que ésta, fue suplida por la tenue luz de las velas que alumbraban toda la casa, Topo corrió al baño a lavarse los párpados con agua fresca, ya que sentía que le ardían, era como si el fuego los hubiera quemado, Estrella fue a la cocina, y sacó un poco de hielo de la bodega, donde Topo conservaba congeladas sus raciones de verduras, y con una toalla, elaboró una especie de antifaz que le llevo al señor Topo, "señor Topo", dijo Estrella, "colóquese esto en sus ojos, sé que aliviará su malestar, ahora necesito respuestas, dígame, ¿por qué ha querido nuevamente dormirme y abandonarme a mi suerte?, ¿por qué dice que mi vida peligra?, ¿por qué no ha querido ayudarme en mi búsqueda del Demonio Azul?, ¿por qué es usted tan amable, y luego tan despreciable?, pensé que usted era mi amigo, ¡por qué es tan malo conmigo!, ¡dígame ahora!" exigía Estrella, "lasssstimaste missss ojossss, ¡niña mala!" contestó Topo, "sus ojos están bien, no haga dramas, únicamente están deslumbrados, ahora responda a mis preguntas, o volveré a crear esa luz blanca", contestó Estrella "¡no!, esssta bien, ayúdame a ssssentarme en una sssilla de la cocina", Estrella ayudó al señor Topo y lo llevó hasta la cocina, ahí lo sentó, y ella se acomodó en otra silla cercana, "niña abre la alacena, ahí encontrarassss una caja, por favor dámela", Estrella hizo lo que el señor Topo solicitó, y le entregó la caja, este sacó de ella, una dentadura y la colocó en su boca, "discúlpame por esto, normalmente odio usar esta dentadura, no me permite comer bien pero al menos puedo hablar sin cecear, y creo que vamos a hablar por un buen rato. Niña, cuando tú caíste en mi patio, me dijiste que habías estado en la casa de madera, ese lugar esta maldito, nunca nadie había escapado de ahí, si cualquiera por casualidad entraba, nunca más se le volvía a ver, la leyenda dice que hay una energía maligna en ese lugar, y que ésta, se encuentra controlada por una entidad muy poderosa, que en dado caso, sería la única capaz de sacarte de ahí, yo primero dudé de tu historia, y pensé que habrías estado bebiendo toda la noche, y caíste aquí por equivocación, quizá al no fijarte por donde caminabas, pero cuando me comentaste de la casa de madera, me aterré, ya que si tu historia era cierta, seguramente te estaban siguiendo, luego me contaste esa locura del Demonio Azul, y del árbol con el que hablaste, me dijiste que él te envió a la casa de madera, y ahí confirmé que efectivamente eras alguien especial, mis sospechas se hicieron mayores, pero estaba horrorizado, así que tomé la determinación de sacarte de aquí, era imperativo hacerlo rápido, y sólo había un lugar al cual ir, ¡el pastizal del viento!, un lugar para criaturas mágicas, y si eras quien yo creía, podrías salir de ese lugar, de pronto tocaste de nuevo a mi puerta, y ahí lo confirmé", ¿ah si?, ¿y qué confirmó señor Topo?, preguntó Estrella, "que tu vienes del cielo, tú eres Estrella la niña del cielo, la niña de la leyenda de amor", exclamó Topo, Estrella quedó atónita, no sabía ni que pensar, nada de lo que decía Topo tenía sentido, y nada de esto respondía mucho a sus preguntas, "sí señor Topo, así me llamo, Estrella, pero eso que tiene que ver, no me diga usted, que todo lo quc pasé le reveló mi nombre, porque eso me daría mucha risa", respondió Estrella, "ay niña creo que, ni tu sabes quién eres, ¿verdad?, dudo mucho que conozcas tu historia, de dónde vienes o quién eres", "pues Luna me ha dicho que simplemente un día aparecí, yo sé que no soy un ser mágico, ni nada, Luna sí lo es, ella ayuda a las mareas, y me contó que afecta hasta a los humanos, y que se vuelven locos o algo así, pero pues es todo lo que sé", comentó Estrella, "pues aunque no lo creas niña, tú eres un ser mágico, desde antes de nacer ya lo eras, tú fuiste creada por la pureza del amor y el sacrificio, es por eso que eres tan compasiva, que amas a todas las criaturas, tienes un carácter fuerte, y eres muy independiente, seguramente te gusta explorar el Universo, y sabes que tu propósito en la vida, es ser feliz, por todo esto y más, tienes ese afán de seguir tus impulsos, y ayudar aún a aquellos que están condenados para la eternidad; el Demonio Azul por ejemplo es uno de ellos, una criatura rastrera, a la cual no podrás ayudar nunca", comentó el señor Topo "pero qué dice señor Topo, usted no conoce la historia del Demonio Azul, Roble me la contó, y si usted la supiera, ¡seguro le ayudaría también!", Exclamó algo molesta Estrella, "yo sé lo que te contó ese tal Roble, sé de memoria la historia del Mago que vivía en estas tierras, sé que se sacrificó por su amada, sin embargo dudo que te haya contado el resto de la historia, dudo que sepas, ¡que ese Roble es malo!, que se ha encargado de hacer que muchas criaturas desaparezcan, que es vil y mentiroso, engaña a quienes no lo conocen para lograr sus cometidos, por fuera es grande, se ve fuerte y lleno de vida, ¡majestuoso!, con todas sus hojas que parece que te brindan seguridad y cobijo, pero por dentro, esta podrido al igual que sus raíces, porque nunca fue bueno, aún antes de ser un Roble". "¿Pero por qué dice todas esas mentiras señor Topo?, usted está ofendiendo al único ser que me ayudó cuando llegué a esta tierra, Roble me brindó su amistad, y me cobijó, no puede usted insultarlo de esa manera, ¿por qué lo llama mentiroso?", preguntó Estrella, "niña, tu desconoces tantas cosas, créeme que no todo es lo que parece, ese Roble es malo y embustero, además como te comentó, el Demonio Azul esta condenado, él así lo decidió, y aún cuando te haya ayudado a salir de la casa de madera, luchando quizá contra su maldad misma, o por impulso, todos sabemos que su alma ya transmutó en algo bello, y él, no podrá recuperarla nunca más", asintió Topo, usando el poco hielo que quedaba en la toalla, para refrescar sus ojos. "¡No!, esto no puede ser, usted está mintiendo porque odia al Demonio Azul, pero yo sé que puedo hacer algo más por él, y buscaré la manera", dijo Estrella molesta, al tiempo que abandonó la cocina de manera estrepitosa, "¿pero a dónde vas niña?, ¡es peligroso!, aún no sabes toda la historia", gritó alarmado el señor Topo, escuchando como Estrella, corría por el túnel principal hacia la salida.

Capitulo 10

Lecciones de la Vida.

Las relaciones están basadas
en la confianza entre los individuos.
Pero aun cuando existe la confianza,
no significa que existan buenas relaciones.

Estrella corría lo más rápido que podía, su mente estaba completamente revuelta, no podía ignorar las palabras del señor Topo, pero las imágenes de amistad, en donde Roble la abrazaba, donde le permitió usar su madera para encender un fuego, y todos esos detalles que él había tenido para con ella, estaban presentes, así mismo, ella sentía internamente, que el Demonio Azul podía ser salvado de su eterno maleficio, lo había confirmado cuando escuchó decir a Topo, que el Demonio la había rescatado de esa casa maldita, por lo tanto, ella se repetía a si misma, "¡el Demonio Azul es bueno!, todavía existe un remanente del Mago en su interior, y debo ayudarlo", la luz al final del túnel se hacía cada vez más grande, pronto Estrella llegó a la superficie, la oscuridad quedó atrás, para dar paso a un enorme lugar con un cráter del tamaño de un meteorito, Estrella tuvo que detenerse para recuperar el aliento, "ahora recuerdo, aquí debería estar la casa de madera, pero después de que salí volando fuera de ella, y me rescató el señor Topo, ésta debió explotar o algo así, debo apresurarme, seguramente Roble me aclarará todas las dudas", pensó Estrella, la niña corrió hasta que llegó al río místico de aguas cristalinas, rápidamente Estrella buscó el cuerno para llamar al barquero, seguramente debía haber uno en ambas partes del río, si no, ¿cómo regresaría la gente que había cruzado?, "oh, no", pensó alarmada Estrella "ahora que recuerdo, nunca nadie ha salido antes de este lugar", "¿ahora qué voy a hacer?, cruzaré nadando, no tengo otra opción", Estrella se preparó para aventarse al agua, se quitó los zapatos, y dobló sus pantalones, para intentar caminar hasta que no tuviera otra opción más que nadar, justo cuando su pie se introducía al agua, Estrella escuchó un grito, que evitó que esto sucediera, "¡qué haces!, era el señor Sapo nuevamente, "¿otra vez tú?, ya te dije que no puedes nadar en esta agua, aquí no es un balneario, no te toleraré más, ¡lárgate!", comentó el Sapo, "señor Sapo, qué bueno que lo veo, necesito cruzar al otro lado para ir a ver al viejo Roble, es urgente que hable con él, ya busqué el cuerno para llamar al barquero, pero al parecer no existe uno de este lado del río, ayúdeme por favor señor Sapo, ¿qué puedo hacer?", dijo Estrella, "¡no sé por qué nuevamente estas interrumpiendo mi descanso!, y otra vez me estás molestando con eso del tal Roble, escucha mocosa, ya pagaste tus dos monedas de plata, el barquero ya te trajo de este lado, ¡no hay regreso!, el barquero sólo trae criaturas hacia este lado, pero no puede regresarlas, así que como quién dice, estás en un apuro, y yo no pienso sacarte de él, además, ¿qué gano yo?, ¡nada!, el barquero siempre se lleva las ganancias, y yo soy el que le ayuda para que la gente encuentre el endemoniado cuerno, yo debería también poder ganar algo, ¡pero no!, sólo me gano las moscas y los insectos de este lugar, puras miserias", explicó molesto el Sapo, "lamento tantas molestias que le causamos los que estamos perdidos, pero usted no se ha dado cuenta de algo, el barquero quizá gana unas monedas, pero, ¿puede él gastarlas?, es un espíritu del río, que vaga por la eternidad, dígame, ¿de qué le sirven las monedas?, usted recibe algo más valioso señor Sapo, ¡la gratitud!", Estrella se agachó, tomó al sapo, y le dio un enorme beso en su cabeza calva, "sé que no tuve tiempo de agradecerle en aquella ocasión que me ayudó, pero ahora lo hago y le digo, ¡gracias!, en nombre de todas aquellas criaturas que en algún momento usted ha ayudado, no cabe duda de que nunca habríamos podido cruzar el río, sin su valiosa existencia, no se preocupe señor Sapo, buscaré la manera de cruzar el río, pero sin darle molestias a usted", Estrella sonrió, dejó al sapo de nuevo en la tierra, y comenzó a caminar por la ladera del río, para buscar alguna manera de cruzar, el Sapo quedó atónito, nunca nadie antes le había agradecido de tal manera, "pero niña, espera, ¡espera!, ¿a dónde vas?, no hay manera de cruzar", gritó el señor Sapo, "no se preocupe, pero debo encontrar una manera, ¡es urgente que hable yo con el viejo roble!", respondió Estrella mientras se alejaba, "niña, regresa ¡puedo ayudarte!" se escuchó a la distancia gritar al sapo, Estrella detuvo su marcha y decidió regresar, al llegar a donde estaba el señor Sapo, este le dijo, "espera aquí", el sapo se sumergió en las aguas cristalinas, y al paso de algunos minutos, todo el río comenzó a llenarse de burbujas, parecía como si una magia brotara de las aguas, de pronto miles de sapos emergieron a la superficie haciendo una especie de camino, que cruzaba todo el río hasta el otro lado, "¿pero qué es esto?", preguntó Estrella, "ellos nos ayudarán", contestó el señor Sapo, que había salido del agua justo a los pies de Estrella, "tienes razón niña, uno no debe de condicionar la ayuda a los demás, si yo espero algo a cambio de mi ayuda, estoy podrido por dentro, quizá me alimento de muchas moscas, y cosas indeseables, sin embargo no quiero ser yo despreciable también, me acabas de enseñar una gran lección, y te ofrezco una disculpa, te juzgue mal, mis amigos sapos te ayudarán a cruzar, utilízalos como un puente, ellos resistirán, y ¡gracias!", exclamó el Sapo, Estrella, con lágrimas en los ojos miró al Sapo y le sonrió, asintiendo con la cabeza, para agradecer el noble gesto de su nuevo amigo, la niña comenzó a cruzar el río usando a los sapos, que croaban cada vez que un pie de Estrella los tocaba, el ruido era tal, que parecía una orquesta de trombones entonando una canción majestuosa, un grito se escuchó a lo lejos, "¡que tengas suerte niña!", rápidamente Estrella llegó a tierra firme, ya se encontraba de nuevo en la tierra de Roble, volteó al río, y dio gracias a los últimos sapos que se encontraban en la superficie, Estrella continuó caminando, todo el lugar ya le era familiar, cada paso que la acercaba al pastizal donde se encontraba Roble, hacía que Estrella se sintiera más nerviosa, sabía que Roble era su amigo, sin embargo no podía evitar pensar en las palabras del señor Topo, *"Roble es malo, se ha encargado de hacer que muchas criaturas desaparezcan, engaña a quiénes no lo conocen para lograr sus cometidos, es vil y mentiroso"*, aun así, Estrella tenía confianza en que con ella sería diferente, el momento de descubrir la verdad estaba muy cerca, los nervios se apoderaban de Estrella, quien luchaba por mantenerse firme y calmada para evitar ser lastimada.

Imponente yacía el majestuoso árbol a la distancia, Estrella cada vez estaba más cerca, su paso era más cauteloso, cada metro más cerca, Estrella trataba de ver a su alrededor, sabía que el Demonio Azul también merodeaba esos lares, y no quería llamar su atención por el momento, sin querer, Estrella piso una rama, esta crujió alterando el silencio que reinaba en ese momento, "jo, jo, jo, acércate niña, ven, muéstrate, siéntate en una de mis raíces, no tengas miedo, platícame, ¿cómo te ha ido?, ya hace tiempo que no volvías a visitarme", Estrella se paralizó por completo, se encontraba de espaldas a Roble, ¿cómo podía él saber que se aproximaba?, aun cuando hubiera sentido su presencia, ¿cómo sabía que era ella?, Estrella trató de no hacer notar su nerviosismo, y se aproximó para que Roble pudiera verla, "hola Roble, ¿cómo estás?", preguntó Estrella, "bien niña bonita, bien", respondió Roble, "platícame, ¿encontraste la casa?, ¿descansaste?, ¿pudiste encontrar la manera de ayudar al Demonio?", preguntó Roble, "¡no!, pero sin duda tuve muchas aventuras, y conocí muchas historias", respondió Estrella, "¿ah si?, platícame estas historias, ¿son como las que cuenta?...", "¡un condenáo Topo!", una voz interrumpió a Roble, Estrella miró hacia arriba asustada, en una de las ramas más altas de Roble, se dibujaba la figura siniestra del Zopilote, "pero mira a quién tenemos por acá", gritó el Zopilote, al tiempo que abrió sus alas y de un movimiento, se trasladó a una rama más abajo, donde

Estrella pudo confirmar que era él, "hola señor Zopilote" respondió con nerviosismo Estrella, perdone que no pude esperarlo es que…", "no hace falta dar explicaciones mi niña", interrumpió Roble, mi amigo Zopilote entiende, el tiempo es lo más importante que tenemos, y bueno, tú seguramente estabas en un apuro, ¿no es así Zopilote?", "por supuesto, ¡ajua!", respondió Zopilote, "por lo menos eso es lo que me dijo un saltamontes, justo antes de desaparecer, no por lo rápido que brincaba, sino por que se le atravesó mi pico ja, ja, ja, y ahora que lo pienso bien, hasta le salve la vida, porque esa planta carnívora estaba por devorarlo, pero yo se lo gané", "¿te comiste al señor Saltamontes?, ¡Zopilote malo!", gritó Estrella horrorizada, "nada de malo, el Saltamontes pagó su deuda conmigo, no tenía que andar metiéndose en lo que no le importaba, además, yo no como saltamontes, podríamos decir que, respondió a unas preguntas que le hice, sobre el paradero de cierta chamaca aduladora, y bueno, a mi no me gusta la gente chismosa y metiche, por lo que tuve que decirle un par de cositas a ese grillo saltador, hasta que, ¡ups!, sin querer se me resbaló, y cayó hacia el suelo, afortunadamente para tu amigo, abajo estaba la garganta de la planta carnívora, que aminoró el golpe en la caída, ja, ja, ja, ja, ja, ja, pero bueno, regresando al tema, tú y yo teníamos un acuerdo, ¡y no lo cumpliste!, así que he venido a que repares el daño, todos deben pagar sus deudas", "vamos, vamos Zopilote pero qué va a pensar mi amiga", dijo Roble, "no debemos asustarla, después de todo, ella nos va a ayudar a deshacernos de ciertos seres incomodos, que arruinan la paz del lugar". Estrella estaba aterrada, aquel árbol tan amable y amigable que había conocido, estaba muy distante de serlo en esta ocasión, incluso su voz era diferente, Estrella comenzó a dar pasos hacia atrás para alejarse de Roble, y así, si tenía la oportunidad salir corriendo, "Estrella, aquí mi amigo Zopilote necesita saber dónde está la entrada a la casa del señor Topo, verás, ha sido un secreto muy bien guardado por mucho tiempo, sin embargo ese Topo nos ha causado muchas molestias a todos, tu entenderás que no es bueno para la tierra tener hoyos por todos lados, el Topo se come las verduras, las plantas, incluso las raíces de los árboles sufren daños, por tantos agujeros que hay por ahí, los Topos son una plaga, y tenemos que deshacernos de ellos, de hecho él, es el último que nos queda, y nos ha sido muy difícil encontrar donde vive, sé que estuviste en su casa, así que por favor amiga, ¿me ayudarás con eso?, después de todo, yo te ayudé cuando estabas agotada, ¿recuerdas?" preguntó Roble, "de ninguna manera, tu me enviaste a una casa maldita de donde sabías no podría escapar, querías deshacerte de mi, tal cual lo dijo el señor Topo, eres malo, ¡tú y ese Zopilote son malvados!", reprochó Estrella, al tiempo que comenzó a correr, sin embargo una de las ramas más largas de Roble descendió abruptamente, y tomó a la niña por un tobillo, levantándola en el aire y quedando boca abajo, "¡suéltame!, ¡suéltame!", gritaba Estrella, "pero, ¿a dónde vas?, ¡si todavía no hemos terminado esta charla!", exclamó Roble, "ssssueltala inmediatamente", se escuchó un grito furioso, ¡era el señor Topo!, que se asomaba por un agujero cerca de una de las raíces de Roble, "pero mira a quién tenemos aquí, ¡esto si es una suerte!", exclamó Roble, el Zopilote aprovechó la oportunidad, para resguardarse en el inmenso follaje de Roble, escondiéndose del roedor que estaba muy atento a las palabras del gran árbol, "te hemos estado buscando Topo", dijo Roble, "sabes muy bien que todos te han buscado por mucho tiempo, es momento que pagues por tanto daño que has hecho a la comunidad", "ssssueltala inmediatamente, he dicho, o te voy a…", "¡me vas a que!", interrumpió Roble furioso, "insignificante roedor, ¿qué puedes tú hacer contra mi fuerte madera?, ¡nada!", "quizzzza contra tu tronco no puedo hacer nada", gritó el señor Topo, "pero roeré tussss raíces maldita bruja, ¡y caerás!, así te pudrirás en el ssssuelo y por fin nos desssharemos de tus maldiciones", "¿qué?, ¿cómo que bruja?, ¡de qué habla señor Topo!, exclamó alarmada Estrella, que seguía colgando de una rama de Roble, "cállate mocosa entrometida" dijo Roble, al tiempo que agitó su rama, moviendo desmesuradamente a Estrella por los aires, Topo salió de su escondite, tratando de agarrar una mano de Estrella para ayudarla a bajar, y entonces Estrella gritó, "¡cuidado señor Topo, no salga es una trampa!", "te tengo condenao", demasiado tarde llegó la alerta de Estrella, el Zopilote había volado justo cuando miró, que el señor Topo salía del agujero donde se encontraba, lo engulló con su enorme pico, y voló por los cielos hasta que desapareció en el horizonte.

"NOOOOOOO" gritó Estrella, rompiendo en llanto, su amigo había desaparecido en un acto heroico al querer salvarla, ahora ella se encontraba a merced de Roble, sin saber lo que le esperaba, o incluso sin saber el por qué del actuar de aquél que se suponía era su amigo. "Por fin nos libramos de esa molesta plaga" comentó Roble, " ¿por qué?, ¿por qué?, no es justo, ¿por qué eres tan malo Roble?, preguntó Estrella, "¿malo yo?, de ninguna manera niña, es la ley de la naturaleza, el fuerte le gana al débil, el grande se come al chico, yo no invento las reglas, simples medidas para que exista un equilibrio entre todos los seres vivos, tú más que nadie debería saberlo, tú, un ser mágico que viene del cielo a juntarse con los simples mortales, deberías estar agradecida, porque aquí nosotros hacemos nuestro trabajo, y mantenemos el balance en este lugar, vamos, ¿no te da alegría?, el habernos librado de una plaga tan molesta, hará que las plantas crezcan, que la tierra ya no esté llena de agujeros, que mis raíces se vuelvan fuertes nuevamente, ya que podré estirarlas hasta lugares nuevos, y gracias a todos esos minerales que existen bajo la tierra, pronto mi magia estará restaurada, ja, ja, ja, jo, jo, jo", replicaba Roble con una felicidad malévola, sus ramas se movían, como si los vientos del norte estuvieran recorriendo el valle, ¡definitivamente no era el mismo Roble!, y mientras éste continuaba riendo y disfrutando el momento, para Estrella la escena representaba el mayor dolor que alguien pudiera experimentar, un sentimiento que se clavaba en lo más profundo de su alma, y la hacía sufrir, sin embargo, no había tiempo para lamentos, la vida de Estrella seguramente se encontraba en peligro, con el ajetreo, la rama que sujetaba a Estrella había perdido un poco de su agarre, Estrella se dio cuenta de esto, y utilizó su otro pie, para dar una patada y librarse del cautiverio momentáneo por parte de Roble, el golpe que recibió al caer al suelo fue tan fuerte, que casi la deja inconsciente, aun así, rápidamente la niña trató de recuperarse, y se arrastró por el césped, Roble se dio cuenta de esto, e intentó con todas sus fuerzas atraparla nuevamente, las embestidas por parte de las ramas de Roble, eran devastadoras, causando gran daño a la hierva que recibía dichos golpes, Estrella los libraba con apenas unos centímetros, moviéndose rápidamente en forma de zigzag, y algunas veces girándose con el poco impulso que su cuerpo le permitía, sintiendo el rozar de las hojas al azotar a sus costados, Estrella hacía esfuerzos inimaginables para salir avante de esta peligrosa situación, pero la fuerte caída la había afectado severamente, sacando casi todo el aire de sus pulmones, al grado tal, que le era casi imposible poder levantarse, "¡no escaparás, ven aquí, te lo ordeno!", gritaba Roble, con su risa malévola, "ven niña , ¿qué ya no confías en mi?, ja, ja, ja, jo, jo, jo", Estrella hizo un último intento y se impulsó con la cadera, quedando fuera del alcance de las ramas, rodó un poco más, sólo para quedar exhausta boca arriba, la niña trataba de recobrar el aliento, y en su mente sólo pensaba en el destino de aquellos que habían sacrificado su vida por ella, las lágrimas recorrían sus mejillas, y trataba con todas sus fuerzas de controlar nuevamente su respiración, inhalaba y exhalaba rápidamente, y aunque su garganta se entrecortaba, por la desesperación y saliva que tragaba, sus instintos de supervivencia no la abandonaban, la adrenalina la había alejado un poco de las ramas de Roble, sin embargo la niña estaba distante de encontrarse a salvo, un crujir y un temblor recorrieron la tierra, y de pronto una de las raíces del malévolo árbol, tomaron por sorpresa a Estrella, enrollándola cual serpiente a su presa, "¡te dije que no escaparías!" gritó Roble, "ahora escúchame bien niña, tú tienes la culpa de todo, si te hubieras quedado en tu precioso hogar, y no hubieras andado de metiche en una tierra a la que no perteneces, nada de esto habría sucedido, claro que, la oportunidad de recuperar mi magia nuevamente, no estaría a mi alcance como ahora, pero nuestra vida, ¡mi vida!, seguiría sin alteraciones, ja, ja, ja, creo que algo bueno tenía que salir de esto, aun con todo lo malo que tu presencia provocó, tú tienes algo que me pertenece, me lo robaste y lo quiero de vuelta, si no me lo entregas, tendré que sacártelo a la fuerza, claro que eso involucra que pierdas tu preciosa vida, pero es un sacrificio que deberás pagar por tantos años de sufrimiento que me causaste", "pero, ¿de qué estas hablando?", gritó Estrella, "ay si, ¡no sé de que hablas!", replicó Roble "hipócrita, desde un principio me condenaste a esta prisión de madera, ¿pero sabes qué?, ahora te tengo, y voy a recuperar lo que por derecho me pertenece, no sé como saliste viva de la casa de madera, el ente no cumplió mis ordenes, pero no importa después ajustaré cuentas con él, ahora dime, ¿me vas a regresar lo que es mío?, o lo saco de tu cuerpo putrefacto", amenazó Roble, al tiempo que apretaba a Estrella con su enorme raíz, la niña estaba aterrada, nunca imaginó estar en esta situación, el panorama era desalentador, simplemente todo había cambiado.

El tiempo se agotaba y Estrella no tenía ni idea de lo que Roble hablaba, su mente estaba tratando de encontrar la manera de librarse, y salir viva de la horrible situación, de pronto un viento helado comenzó a recorrer el lugar, una niebla siniestra cubrió el pasto, y cada vez se hacía más densa, el miedo en los ojos de Estrella fue tal, que incluso las lágrimas dejaron de brotar, sin duda, esto todavía se podía poner peor para ella, no sólo estaban las amenazas de Roble (que para este momento Estrella dudaba que se tratara de un árbol genuino), sino que su peor pesadilla podría convertirse en realidad, todo el alboroto causado, había llamado la atención del innombrable, de aquel que su sola presencia hacía que todas las criaturas corrieran despavoridas, Estrella aún con la presión de la raíz de Roble sobre su cuerpo, sintió como un escalofrío recorría su espalda, erizando su piel, y mermando todos sus sentidos, la niña no quería mirar, pero una fuerza extraña la hizo voltear, y a lo lejos, pudo ver dos ojos verdes como el fuego infernal, no podía existir un terror más grande, todos sus miedos se hicieron presentes, y no podía hacer nada para que estos desaparecieran.

Capitulo 11

Desenlace.

El alma nos permite sentir y pensar.
Nuestras acciones definen quiénes somos,
la bondad proviene del corazón.

Una sombra se vislumbraba a la distancia, sólo una cola de color azul se meneaba sobre la densa niebla, Estrella no tenía ninguna duda, el Demonio Azul había escuchado todo el alboroto y seguramente vendría por ella, recordaba las palabras de Roble, *"el Demonio sembrará la duda en ti, es el modo de entrar en tu mente"*, y ahora que la niña se encontraba imposibilitada para escapar, era presa fácil para cualquiera que fueran los planes del vil Demonio, con su cuerpo atrapado, y su espíritu quebrantado, únicamente su mente y fuerza de voluntad la salvarían de esta situación, así que Estrella haría hasta lo imposible, para evitar que el Demonio entrara en ella, la figura a cada paso se hacía más clara, la criatura encorvada se acercaba lentamente, mirando todo a su alrededor, analizaba cada movimiento, como cuando un felino se encuentra al acecho de su presa, "¿pero qué tenemos aquí?, "¿mira quién se ha dignado a salir de entre las sombras?", comentó sarcásticamente Roble, el Demonio caminaba alrededor de Roble, con la mirada fija en la niña, de pronto, brincó hacia la raíz que sujetaba a Estrella, sin embargo, Roble la elevó por los aires, dejándola fuera de su alcance, Estrella nuevamente se encontraba colgando boca abajo, "no, no, no, ja, ja, ja, ¡no será tan fácil para ti atraparla!, además ella es mía, es mi amiga, lo fue desde un principio, ¿verdad niña?", comentó Roble, "dime niña, ¿quieres que te entregue al Demonio?", Estrella no contestó a la pregunta, sólo miraba el suelo y veía como el Demonio Azul encorvado, daba vueltas con sus ojos clavados en ella, sin duda buscaba la manera de saltar y agarrarla, Roble bajaba y subía su rama como si estuviera jugando con un pequeño gatito, sólo que Estrella era el juguete, y el gatito el Demonio Azul, Roble continuaba jugando, riéndose a carcajadas de toda la situación, Estrella no podía quitar su mirada de los ojos centelleantes del Demonio, que la veían fijamente, pero de una manera inexplicable, era diferente a la última vez en la que se habían encontrado, súbitamente, el terror de la niña había disminuido un poco, los ojos de la criatura la habían tranquilizado, y su respiración mejoraba, su mente ya no parecía un torbellino de ideas, algo había sucedido, de pronto, el Demonio volteó su mirada hacia el árbol, y dijo, "debes liberarla Luana, no debe estar aquí y lo sabes", Estrella quedó atónita, ¿Luana?, ¿había escuchado bien?, inmediatamente recordó las últimas palabras del señor Topo, confirmando sus sospechas, el Roble no era un árbol, era una especie de bruja, y de algún modo estaba atrapada dentro del árbol, "la atrapé antes que tú amor mío", no hay nada que puedas hacer y lo sabes, recuperaré mi magia", comentó Luana, "sabes que eso es imposible, lo hemos platicado infinidad de veces, este es nuestro destino y debemos de aceptarlo como es", dijo el Demonio, "¡cállate!", gritó Luana, y la tierra retumbó, "tú no vas a decirme qué hacer, ella vino a mi, yo no la obligué, si el Ente hubiera hecho su trabajo en la casa de madera, en este punto, ¡ya sería yo nuevamente!, pero no importa, el destino como tú bien dices, la trajo de vuelta y ahora es mía, y si ella no quiere devolverme lo que es mío, se lo arrancaré ja, ja, ja", el Demonio volteaba constantemente y clavaba su mirada en la de Estrella, como si quisiera decirle algo, la invitaba a que volteara a ver algo en el suelo, la niña no comprendía del todo bien, miraba el suelo y luego a los ojos del Demonio, que movía la cabeza para que la niña mirara hacia el suelo nuevamente, todo era muy confuso, en el suelo sólo había hojas secas, y las raíces de Luana, ¿qué es lo que el Demonio le quería decir?. El Demonio caminaba apoyándose en un báculo, que tenía una flama de color azul, este cambiaba de intensidad a menudo, parecía que respondía a las emociones de la criatura, de pronto el brillo de la flama se incrementó, al momento que el Demonio se aproximó al tronco de Luana, de un salto la criatura lo embistió, apoyando el báculo cerca de la corteza, como si quisiera quemar a Luana con su fuego azul, "ja, ja, ja, ¿qué pretendes amor?, ¿hacerme cosquillas?", dijo Luana, "tú bien sabes que tu fuego se extinguió hace muchos años, cuando entregaste tu alma por mi, ese azul remanente es una prueba de ello, y no sirve absolutamente de nada, sólo te alumbra en tu húmeda cueva, Estrella, que estaba muy atenta, entendió el mensaje, el Demonio le indicaba que de algún modo debía quemar al árbol, ¿pero cómo?, Estrella recordó que cuando conoció a Roble, este le proporcionó madera de sus ramas, con la que pudo hacer una fogata, ¡esa era la solución!, así que rápidamente, Estrella pensó en la manera de librarse de su cautiverio, ya que para prenderle fuego al árbol, debía estar muy cerca de una de sus raíces, la niña intentó dar patadas a la rama que la sostenía, esto la última vez la había liberado, “ja, ja, ja, ¡esta vez no me engañarás niña!, estoy preparada para tus pequeños golpes”, gritó Luana, desviando la mirada hacia Estrella, “¡no pretendía librarme de una patada Bruja!, ¡pretendía que me voltearas a ver!”, gritó Estrella, al tiempo que se quitó la ropa de musgo, dejando salir su brillo y deslumbrando todo alrededor, “ahhhhh”, gritó Luana “¡esa luz!”, usando inmediatamente sus ramas para cubrirse los ojos, y dejando caer a Estrella al suelo, sólo que esta vez, Estrella estaba preparada para el impacto, por lo que no le causó mayor daño, el Demonio Azul había quedado cegado también, la intensidad de la luz era increíblemente fuerte, así que la criatura corrió detrás de Luana para esconderse y evitar un daño permanente a sus ojos, todo el lugar resplandecía con una luz blanca, que se podía ver a kilómetros de distancia, Estrella al caer al suelo, había aumentado aun más la intensidad de su luz, evitando así que Luana la atacara con sus ramas, las hojas de su follaje eran lo único que protegían los ojos de la bruja, “¡apágala!, chamaca endemoniada, apágala” gritaba Luana, y trataba de algún modo de golpear a la niña con sus raíces, pero ésta ya se encontraba a una distancia segura, “ahora tú me darás las explicaciones bruja del mal, o haré que ardas en un santiamén, únicamente necesito tocarte con mi mano, y prenderé tu madera, no podrás escapar”, comentó Estrella, al tiempo que acercaba sólo un poco su mano a una raíz de Luana, para que esta sintiera como el calor se aproximaba, “no, no, no, perdóname, no me hagas daño, yo simplemente quería obtener tu ayuda para librarme de la maldición, del castigo que me aqueja desde hace muchos años, tú no entiendes, ¡es horrible!", replicó angustiada Luana, "¡pues explícate!", exigió Estrella, "¿recuerdas la historia que te platiqué?, ¿aquella acerca del Mago?, pues no fue mentira, quizá omití algunos detalles, pero todo fue verdad, yo era esa hermosa dama, de la cual se enamoró el Mago, siempre tuve conocimientos de magia y hechizos, desde muy niña me encantó la lectura, los libros de hechicería siempre fueron mis favoritos, muchas de las pócimas que inventé, fueron en base a las lecturas que realicé, sin embargo, siempre supe que mi magia no era real, tenía la esperanza de cambiar eso, y me puse a investigar, así fue como me enteré, por medio de un libro, que en algún lugar existía un ermitaño muy poderoso, sabía que, si yo encontraba al ermitaño, de algún modo podría obtener poderes ilimitados, además de una belleza superior, y todo esto me llevaría al mismo cielo, donde controlaría los elementos de la luz y del fuego, mis poderes serian fantásticos, incluso podría llegar a ser creadora de vida, pero existía un problema, sólo alguien con magia innata, podría conocer el medio de transporte, para llegar al lugar donde habitaba el ermitaño", "¡el Águila!" comentó Estrella. "justamente", dijo Luana, "así que ideé un plan para conocer al Mago de este lugar, y así poder hacer que él me ayudara a conseguir el poder", "¿pero cómo?, si el Mago era bueno", aseguró Estrella, "nunca nadie podría ayudarte, en semejante plan malvado", "¡me engañó!" interrumpió el Demonio Azul, "bebió una pócima, que ella misma preparó, y con esto fingió haber caído en una maldición, supuestamente creada por las envidias de las criaturas, la historia fue creíble para mi, yo pensaba que su felicidad y amor por mi eran reales, ¡me convencí de ello!, ¡me auto engañé!, y el resto de la historia ya la conoces".

Estrella estaba asombrada, no podía creer lo que sus oídos escuchaban, al parecer, todo había sido una serie de engaños para obtener poderes mágicos, sin embargo algo no estaba muy claro, ¿por qué Luana era un árbol?, "algo salió mal, ¿verdad Bruja?", gritó enojada Estrella, "¡dime qué sucedió!", Luana no contestaba, sólo se limitaba a cubrir sus ojos, "¡contesta Bruja!", presionó Estrella, "los poderes no son concedidos a seres malignos", aclaró el Demonio, al llevar a cabo el hechizo, y decir las palabras mágicas, un fuego sobre otro aparece, este es creado por energía buena y milagrosa, el fuego tiene vida propia y es tan sabio, que analiza todos los elementos que se juntarán, solamente así el deseo puede ser concedido, todo pasa de manera muy rápida, y el fuego y la energía, explotan muriendo, y convirtiéndose en cenizas blancas, que al ser regadas con el agua sagrada del pozo de la vida, hacen que nazca una planta mágica, esa planta eras tú Estrella", dijo el Demonio, "¡así naciste, por supuesto que tu forma actual, y tu energía tal cual la conoces no estaban desarrolladas, hacía falta algo muy poderoso para que fueras creada en tu forma final", Estrella retrocedió, y la confusión hizo que aminorara la intensidad de su luz, Luana y el Demonio Azul ahora podían ver un poco más, "pero, ¡pero no comprendo!", preguntaba

Estrella, al tiempo que frotaba su cabeza, como queriendo entender dicho dilema, el Demonio Azul salió de atrás del tronco de Luana, donde se había ocultado, "para que entiendas mejor, la energía mágica, haría que Luana fuera salvada de su supuesta maldición, a través de ti, mi alma se convertiría en vida para ella, recuperándose y nunca recordando mi existencia, con esto no habría dolor por el sacrificio, yo me convertiría en lo que soy, un ser rastrero que viviría en las sombras, pero mi sacrificio de "amor" bien valdría la pena, ya que sabía que mi amada viviría eternamente, ¿y tú niña?, ¡tú serías un gran Roble!, el trueque nunca es ambicioso pero si justo para todos, al usar tu magia para cambiar mi alma por la vida, tu serías siempre algo magnifico, fuerte y sabio, ayudarías a dar cobijo a los necesitados, y leña a los que padecían frío, sin embargo, la energía creadora del Universo, se dio cuenta del plan malévolo de Luana, y modificó todo, para evitar que ella tuviera acceso a un poder ilimitado, y que éste pudiera ser usado para el mal, un segundo antes de que todo ocurriera, la magia de la energía creadora entró en mi mente, y al ser yo un ser mágico también, nos pudimos comunicar, en lo que parecería ser una eternidad de tiempo, me di cuenta de todo el plan, de cómo había sido engañado por la malvada bruja, y entonces el Universo me habló y dijo":

"Mago, tu me invocaste, tú eres el mensajero de la luz, en este momento deberás tomar una decisión, no hay marcha atrás para el conjuro de la vida, únicamente podrás deshacerlo con la muerte, sin embargo ésta sólo llegará para la planta mágica, arrebatándole la posibilidad de

existir, tú regresarás a tu forma natural, y la bruja continuará en su camino del mal, sin embargo, si aún deseas hacer el bien, el conjuro podrás modificar y entonces así por medio del amor, el milagro de la vida otorgarás".

"El Universo con toda su sabiduría no esperó, y miró en mi corazón", dijo el Demonio, "ahí encontró la respuesta, y sin más que hablar, ¡actuó!, por lo tanto, Luana quedó convertida en un Roble, obligándola a permanecer así para siempre, encerrada en una prisión de madera, y evitando que pudiera hacer más daño con sus pociones, muchas criaturas ya habían sufrido antes, bajo el yugo de la malévola bruja, yo no tuve más remedio que transformarme en un Demonio Azul, fue algo que mucho tiempo lamenté, vagando infinidad de noches y días, sin consuelo alguno, arrastrándome por lugares inimaginables, mi memoria estaba afectada y sólo recordaba pocas cosas, hasta que un día encontré a Roble, y ya que éste no había perdido la memoria, se aseguró de refrescar la mía, torturándome eternamente con sus palabras hirientes, el Roble me platicó incontables veces su historia, y cómo su plan malvado, había fracasado, en todo momento me culpaba y maldecía, ¡yo era la causa de su pesar!, así viví atormentado por mucho tiempo, siempre sus calumnias y reproches me acompañaban, en todo momento me ocultó la verdad, ¡y me manipulaba!, convenciéndome de ayudarle, Roble buscaba desesperadamente a una criatura mágica, decía que era poderosa y llena de luz, si la encontraba, de algún modo haría que lo regresara a su forma original, ¡y como yo había sido el culpable de su transformación!, estaba obligado a ayudarle, por lo cual, hice un pacto con las criaturas infernales, estos crearon una casa, donde las almas quedaban atrapadas, y su energía era devorada por la oscuridad, incontables seres mágicos fueron presa de las sombras, no estoy orgulloso de ello, pero en realidad, yo quería pagar mi deuda con el Roble, quizá sólo así, el Universo me perdonaría y estaría en paz conmigo mismo, sin embargo, el día que tú apareciste niña, ¡algo en mi cambió!, tu energía era diferente, sabía que había algo más que sólo la oscuridad, entonces fue que acudí a fuerzas sobrenaturales, y mis preguntas fueron respondidas, había estado cegado por mucho tiempo, unos seres de luz me mostraron la verdad, supe entonces, que la planta mágica eras tú, sólo que te habías convertido en una Estrella hermosa, buena e inocente, con todas las intenciones de ayudar al prójimo, supe también, que mi alma sirvió para dar paso a algo maravilloso y mágico, y ahora debía protegerlo", "pero, ¿por qué no me contaste todo esto antes?", preguntó Estrella, "¡tú me salvaste de la casa de madera!, ahora lo sé, pero, ¿por qué no hablaste conmigo en aquella ocasión?, "nunca me habrías creído", respondió el Demonio, "recuerda que al principio, yo no sabía la verdad, y tú, hasta ahora te estás enterando de todo, si en ese momento te hubiera platicado la historia, para ti no habría sido verdad, imaginarías que el malvado Demonio Azul trataba de engañarte, tú debías darte cuenta de todo por ti misma, ya antes habías encontrado a Luana, y ésta te había manipulado, por eso traté de hacer que te fueras de este lugar, yo sabía que la bruja haría hasta lo imposible, para revertir el hechizo del Taraxacum, con o sin mi ayuda, ella te haría daño, por lo tanto elaboré un plan en donde yo te seguiría y te cuidaría", "¡maldito seas Demonio, tu la salvaste de la casa de madera!" gritó Luana, Estrella se asustó con la inesperada respuesta de Luana, que de inmediato aprovechó la oportunidad, y tomó a Estrella por el tobillo nuevamente, el Demonio Azul en un reflejo innato brincó y alcanzó la mano de Estrella, impidiendo así que ésta fuera arrojada por los aires, "¡morirás maldita!, y tú junto con ella Demonio, te desprecio, criatura rastrera, ustedes me condenaron a esta prisión, ¡y ahora morirán!, ¡les arrancaré los huesos!", gritaba loca de rabia Luana, el Demonio, que con la cola se sujetaba a una de las raíces del enorme árbol, volteó a ver a Estrella, y ayudándose del miedo que sentía la niña entró en su mente, mirándola a los ojos le dijo, "te ayudaré a acercar tu mano a la raíz, luego te soltaré, saldrás volando por los cielos y al caer te lastimarás, pero estarás bien, ¡quémala!, usa toda tu energía para que se prenda de inmediato", Estrella sin saber cómo, contestó con su pensamiento, "pero esto te quemará vivo a ti también, ¡no puedo!, ¡no te dejaré morir!, buscaremos la manera de librarnos de ella, y te ayudaré a que seas un Mago de nuevo, mis poderes pueden ayudar, buscaremos al ermitaño, algo harem…", el Demonio la interrumpió, "no hay tiempo, quémala", al momento que utilizó todas sus fuerzas para acercar la mano de Estrella, a la raíz de la cual se sujetaba el Demonio, "ahora los destrozaré a ambos malditos, ja, ja, ja," gritaba Luana, un movimiento brusco de la raíz del árbol, con el afán de separar la mano de Estrella de la del Demonio, ayudó a que la mano de Estrella tocara la raíz, y el Demonio grito, "¡ahora!", Estrella encendió su luz con toda la intensidad de su cuerpo, y la raíz que tocaba de inmediato ardió, el Demonio soltó la mano de Estrella, y con el impulso salió volando por los aires, justo antes de que toda Luana y el Demonio, se encendieran como las mismas llamas del infierno, los gritos de dolor por parte de Luana se escuchaban a kilómetros de distancia, "¡malditos!, no pueden hacerme esto, ¡soy inmortal!, ¡aggghhh!", el Demonio ardiendo, miró como Estrella se alejaba, y su último pensamiento hacia ella fue , "¡ya me has salvado!".

Estrella cayó estrepitosamente lejos del lugar, y cerca del río de aguas cristalinas, el golpe fue tan duro, que perdió el conocimiento sólo para despertar más tarde llena de moretones y con un dolor de cabeza inimaginable, rápidamente la niña, como pudo descubrió que se encontraba cerca, de donde habían ocurrido los hechos y corrió con todas sus fuerzas, quizá había alguna esperanza de encontrar vivo al Demonio Azul, un humo gris se veía a la distancia, y conforme Estrella se acercaba, podía apreciarse la devastación que el fuego había causado, un radio enorme de cenizas y madera quemada, yacía alrededor de donde el antiguo Roble había permanecido erguido, ahora no quedaba nada más que la desolación misma, no había criaturas, no había ruido, sólo silencio, y el viento que movía los restos de hojas secas y quemadas, Estrella estaba muy triste, el desenlace de toda la aventura no era el esperado, permaneció en el lugar por algunos días, aún tenía la esperanza de volver a ver al Demonio Azul, pero esto no sucedió, muy deprimida, la niña se encaminó a la casa del señor Topo, quería buscar la manera de regresar a su hogar, estaba desanimada y cansada, las criaturas que fue encontrando en el camino, ya no la criticaban más , miraban las lágrimas de Estrella con compasión, y deseaban haberla juzgado diferente, no sólo por su apariencia, por supuesto, la historia de los sucesos había recorrido el valle, y todos estaban asombrados de lo acontecido, la valentía de la niña solitaria, era un ejemplo para todos los individuos, y les mostraba qué, con un poco de amor y entendimiento hacia los demás, se podía ayudar al prójimo, al final de cuentas no todo es lo que parece.

Al llegar Estrella a la casa del señor Topo, encontró un lugar vacío, apagado, y con las raíces crecidas por todas partes, los vándalos habían entrado, y arrasaron con los víveres y muebles de toda la casa, aun así, en la única cajonera que quedaba, se encontraban restos de papeles y mapas, que el señor Topo usaba para moverse en todo su territorio, Estrella encontró uno, en el que previamente, el señor Topo había señalado el lugar al que debía dirigirse la niña, para poder regresar a su hogar, Estrella echó una última mirada a la casa, recordando los momentos cálidos, que su anfitrión le había ofrecido, aquel que había sido su único y verdadero amigo, y que le había enseñado una gran lección, la amistad no siempre va de la mano de alguien que aparenta tratarte bien, sino que ésta, es un proceso que toma tiempo, y se logra con las muestras de cariño y sacrificio que alguien este dispuesto a hacer por ti, la niña caminó por el corredor principal hacia la puerta trasera, la abrió, y se dirigió hacia el exterior, dejó que la puerta se cerrara detrás de ella lentamente, cuando de pronto escuchó, “Essstrella la Bella, ¿tan pronto te retirasssssss?”…

Glosario

-Taraxacum (officinále): diente de león.

-Imperare: al mando/comando (latín)

-Lux et: la luz y (latín)

-Saltare: baile/danza(latín)

-Deprehendere: detectar (latín)

-Ut mágica: que la magia (latín)

-Et ex ventus: y el viento (latín)

-Et aqua: y el agua (latín)

-Spiritus: espíritu (latín)

-Zas: voz expresiva del ruido que hace un golpe, o del golpe mismo.

Hector Balderas Iglesias

México Oct 2015-Ene 2017.

www.ingramcontent.com/pod-product-compliance
Ingram Content Group UK Ltd.
Pitfield, Milton Keynes, MK11 3LW, UK
UKHW041639190726
13854UKWH00006B/2599

9 786072 903838